La estrella robada

Mary
Higgins
Clark

LA ESTRELLA ROBADA

RBA

Título original: *All through the night*
Traducción: Matuca Fernández de Villavicencio

Traducción cedida por Random House Mondadori, S.A.

Diseño de la cubierta: Joan Batallé
ISBN: 978-84-473-1728-8
Depósito legal: B-50461-2006
Impresión y encuadernación:
PRINTER

Impreso en España - Printed in Spain

Para John, con amor,
y para Bishop Paul G. Bootkoski,
con afectuosa amistad

1

Prólogo

Faltaban veintidós días para Navidad, pero este año Lenny quería comprar sus regalos con antelación. Seguro de que nadie conocía su presencia y tan inmóvil y silencioso que apenas se oía respirar, observó desde el confesionario cómo monseñor Ferris recorría la iglesia cerrando con llave las puertas para la noche. Con una sonrisa despectiva en los labios, aguardó impaciente a que las luces del sagrario se apagaran. Al ver que el monseñor echaba a andar por el pasillo lateral encogió el cuerpo, pues eso significaba que iba a pasar por delante del confesionario. Una de las tablas del cubículo crujió y Lenny blasfemó en silencio. Por un resquicio de la cortina vio que el clérigo se detenía y aguzaba el oído.

Luego, creyendo que no era nada, monseñor Ferris siguió hasta el fondo de la iglesia. Instantes después la luz del vestíbulo se apagó y se oyó una puerta al cerrarse. Lenny se permitió un suspiro audible. Estaba completamente solo en la iglesia de San Clemente, en la calle 103 Oeste de Manhattan.

Sondra se hallaba bajo el portal de una casa situada justo enfrente de la iglesia, al otro lado de la calle. El edificio estaba en reformas y el andamio, levantado a ras de suelo, la ocultaba de la vista de los transeúntes. Quería asegurarse de que el monseñor salía de la iglesia y entraba en la rectoría antes de dejar al bebé. Durante los dos últimos días había asistido a los oficios de San Clemente para conocer las costumbres del clérigo. También sabía que cada día a las siete, en época de Adviento, dirigía el rosario.

Debilitada por la tensión y el esfuerzo del parto ocurrido unas horas antes, con los pechos hinchados por el líquido que precedía a la leche, se apoyó en el marco de la puerta. Un débil gemido procedente del interior de su abrigo parcialmente abotonado hizo que sus brazos, llevados por el instinto materno, hicieran el gesto de mecer.

En la hoja de papel que planeaba dejar con el bebé había escrito cuanto podía revelar sin delatarse: «Por favor, entregue a mi pequeña a una familia buena y cariñosa. El padre es de ascendencia italiana y mis abuelos nacieron en Irlanda. Nuestras familias no padecen, que yo sepa, enfermedades hereditarias, de modo que gozará de buena salud. La quiero, pero no puedo cuidar de ella. Si algún día preguntara por mí, enséñele esta nota. Dígale que las horas más felices de mi vida fueron las que pasé con ella en mis brazos después de alumbrarla. En esos momentos sólo estábamos ella y yo en el mundo, nadie más.»

Sintiendo un nudo en la garganta, Sondra vio la figura alta y algo encorvada del monseñor salir de la iglesia y dirigirse a la rectoría, situada justo al lado. Era el momento.

Había comprado dos camisitas, unos patucos, un camisón largo, un abrigo con capucha, algunos biberones y pañales desechables. Había arropado a la pequeña al estilo indio, con una bata de lana gruesa y dos mantas, pero la noche era tan fría que en el último momento había traído consigo una bolsa de papel marrón. Había leído en algún lugar que el papel era un buen aislante contra el frío. De todos modos, el bebé no iba a pasar mucho tiempo a la intemperie, sólo hasta que Sondra encontrara un teléfono y llamara a la rectoría.

Lentamente, se desabrochó el abrigo y cambió de postura al bebé teniendo especial cuidado con la cabeza. Las farolas de la calle le permitían ver la cara de la pequeña con claridad.

—Te quiero —susurró con vehemencia—. Siempre te querré.

La niña levantó la vista. Tenía los ojos totalmente abiertos por primera vez. Unos ojos marrones, unos mechones claros y rizados sobre una frente diminuta, labios pequeños y encogidos buscando el pecho de la madre.

Sondra estrechó la cabecita y sus labios rozaron la suave mejilla de la criatura al tiempo que le acariciaba el cuerpecito. Luego, con gesto decidido, introdujo la diminuta figura en la bolsa marrón y cogió el cochecito de segunda mano que, cerrado, descansaba a su lado.

Los coches aparcados la protegían de las miradas curiosas al cruzar la calle en dirección a la rectoría. Subió los tres escalones de la estrecha entrada y abrió el cochecito. Tras colocar el freno, depositó a su hijita debajo de la capota y dejó la bolsa con la ropa y los biberones a sus pies. Se arrodilló y la contempló por última vez.

—Adiós —susurró, y echó a andar a toda prisa hacia la avenida Columbus.

Telefonearía a la rectoría desde una cabina situada a dos manzanas de allí.

Lenny se enorgullecía de ser capaz de entrar y salir de una iglesia en menos de tres minutos. Podría haber alarmas silenciosas, pensó al abrir su mochila y sacar la linterna. Tras dirigir el haz de luz al suelo, inició el recorrido de costumbre. Primero se encaminó hacia el cepillo de los pobres. Sabía que últimamente la cuantía de las limosnas había disminuido, pero este cepillo contenía una recaudación más sustanciosa de lo normal, entre treinta y cuarenta dólares.

Los cepillos de las ofrendas, situados debajo de las velas votivas, fueron los más satisfactorios de las últimas diez iglesias que había saqueado. Había siete, cada uno instalado frente a la estatua de un santo. Con mano rápida, forzó los cerrojos y recogió el dinero.

Durante el último mes había acudido a misa en dos ocasiones para estudiar la distribución de la iglesia y había observado que el cura consagraba el pan y el vino en copas muy sencillas, de modo que no se molestó en forzar el tabernáculo. Además, se alegraba de no hacerlo. En su opinión, los dos años vividos en la escuela parroquial le habían afectado profundamente, pues ahora le creaba remordimiento hacer ciertas cosas, lo cual era un fastidio a la hora de saquear iglesias.

En cambio, no tenía reparos en hacerse con el trofeo que le había llevado hasta aquí: el cáliz de plata con el diamante en forma de estrella en la base. Había pertenecido al sacerdote Joseph Santori, el fundador, un siglo atrás, de la parroquia de San Clemente, y era el único tesoro que poseía esta iglesia histórica.

Sobre una vitrina de caoba, en un nicho situado a la derecha del sagrario, colgaba un retrato de Santori. La vitrina, muy ornada, poseía una reja destinada a proteger el cáliz. En una de las ocasiones en que había asistido a misa, Lenny se había acercado para leer la placa expuesta debajo de la vitrina:

«El padre, y posteriormente obispo, Santori recibió con motivo de su ordenación en Roma esta copa de manos de María Tomicelli. Había pertenecido a la familia de la condesa desde los primeros tiempos de la cristiandad. A los cuarenta y cinco años Joseph Santori fue consagrado obispo y recibió el obispado de Rochester. A los setenta y cinco, ya retirado, regresó a San Clemente, donde pasó el resto de su vida trabajando entre los pobres y los ancianos. Su fama de santo estaba tan extendida que, después de su muerte, se redactó un escrito dirigido a la Santa Sede que proponía su beatificación, causa que hoy día sigue en trámite.»

Por el diamante me darán un buen dinero, pensó Lenny al tiempo que blandía el machado. Dos golpes contundentes rompieron las bisagras de la vitrina. Abrió las puertecillas y agarró el cáliz. Temeroso de que hubiese saltado una alarma silenciosa, salió rápidamente de la iglesia por una puerta lateral.

Al girar hacia el oeste en dirección a la avenida Columbus el aire frío le secó el sudor de la cara y la espalda. Sabía que en la avenida podría perderse entre la muchedumbre de compradores. No obstante, al pasar por delante de la rectoría, el silencio se vio roto por el aullido de una sirena de policía.

Delante de Lenny caminaban dos parejas, pero no se atrevió a echar a correr para mezclarse con ellas porque eso le habría delatado. Fue entonces cuando reparó en el cochecito que descansaba en los escalones de la rectoría. Instantes después lo estaba empujando por la calle. Sólo parecía contener un par de bolsas de papel. Metió la mochila en la rejilla inferior y apretó el paso para dar alcance a las parejas. Una vez las tuvo cerca, se puso a caminar sosegadamente.

El coche de policía pasó por delante del grupo y se detuvo ante la iglesia. En cuanto hubo doblado por la avenida Columbus, Lenny apretó de nuevo el paso pues sabía que allí no llamaría la atención. Hacía tanto frío que todos los peatones caminaban deprisa, deseosos de llegar a sus destinos. Nadie tenía por qué reparar en aquel hombre de poco más de treinta años, estatura media y rostro anguloso, que vestía una gorra y una chaqueta oscura y empujaba un cochecito viejo y raído.

El teléfono desde donde Sondra pensaba llamar estaba ocupado por un hombre con uniforme de vigilante. Presa de la impaciencia y abatida por haber abandonado a su pequeña, pensó en decirle que se trataba de una emergencia. Pero se abstuvo, temerosa de que si la historia del bebé aparecía en los periódicos, el hombre pudiese acordarse de ella y hablar con la policía. Acongojada, buscó en sus bolsillos las monedas que necesitaba y el trozo de papel donde había anotado el número de la rectoría, innecesario porque se lo sabía de memoria.

Estaban a 3 de diciembre y las luces y adornos de Navidad cubrían ya las ventanas de las tiendas y restaurantes de la avenida Columbus. Una pareja que paseaba de la mano adelantó a Sondra. La muchacha aparentaba unos dieciocho años. Mi edad, pensó Sondra, aunque ella se sentía mucho más vieja y completamente ajena a la aureola de alegría y despreocupación que irradiaba aquella pareja.

El frío era cada vez más intenso. ¿Estará el bebé suficientemente abrigado?, se preguntó. Cerró los ojos por un instante. Por favor, Dios mío, haz que ese hombre cuelgue de una vez, suplicó. Tengo que llamar ya.

Segundos después el vigilante colgó. Sondra esperó a que se alejara. Luego entró en la cabina, introdujo las monedas y marcó el número.

—Rectoría de San Clemente —dijo la voz de un

hombre mayor. Probablemente era el viejo cura que había visto en misa.

—¿Podría hablar con monseñor Ferris, por favor?

—Soy el padre Dailey. Quizá yo pueda ayudarle. El monseñor está ocupado con la policía. Tenemos una emergencia.

Lentamente, Sondra cortó la comunicación. Habían hallado el cochecito. Ahora su pequeña estaba en lugar seguro y monseñor Ferris se encargaría de encontrarle un buen hogar.

Una hora después Sondra se hallaba en un autobús con destino a Birmingham, Alabama, donde era estudiante de violín en la universidad, una estudiante cuyo sorprendente talento le tenía asegurada la fama como concertista.

Lenny no oyó el débil lloriqueo del bebé hasta que llegó al apartamento de su vieja tía.

Atónito, clavó la vista en el cochecito y vio que la bolsa de papel se movía. Se apresuró a desgarrarla y se quedó boquiabierto. Sin dar crédito a sus ojos, arrancó la nota prendida a la manta, la leyó y soltó un exabrupto.

Desde el dormitorio situado al final del angosto pasillo se oyó la voz de su tía.

—¿Eres tú, Lenny? —preguntó la mujer sin el menor atisbo de bienvenida y con un fuerte acento italiano.

—Sí, tía Lilly.

¿Qué iba a decirle? No tenía dónde esconder al bebé. Necesitaba inventarse una historia.

Lilly Maldonado entró en la sala de estar. A sus setenta y cuatro años aparentaba diez menos tanto de aspecto como de movimientos. El cabello, recogido en un moño tirante, todavía aparecía generosamente salpicado de mechones negros. Tenía unos grandes ojos castaños, y desplazaba su cuerpo corto y ancho con paso rápido y seguro.

Había emigrado a Estados Unidos poco después de la Segunda Guerra Mundial junto con su hermana, la madre de Lenny. Costurera habilidosa, se había casado con un sastre de su pueblo natal de la Toscana y juntos habían trabajado en un pequeño taller propio situado en el Upper West Side hasta la muerte de él, acaecida cinco años atrás. Ahora Lilly trabajaba en su apartamento o iba a las casas de sus clientes más fieles, a quienes hacía trajes y arreglos por un precio irrisorio.

Aunque sus clientes bromeaban de lo poco que les cobraba, estaban obligados a escuchar las interminables historias de Lilly sobre su terrible sobrino Lenny.

Arrodillada, con una pila de alfileres al lado, marcando el dobladillo con tiza y la mirada muy atenta, Lilly suspiraba y acto seguido se embarcaba en su letanía de quejas: «Mi sobrino me tiene harta. Ha dado problemas desde el día que nació. Ya en el colegio le arrestaron dos veces y lo mandaron a una prisión para chicos. Pero eso no lo enmendó, no. Los trabajos no le duran ni dos días. ¿Y por qué? Porque mi hermana, que en paz descanse, era demasiado blanda con él. Yo lo quiero, después de todo lleva mi misma sangre, pero me saca de quicio. Y siempre aparece cuando menos lo espero. ¿De qué vive ahora, si puede saberse?»

No obstante, después de haber rezado fervientemente a su amado san Francisco de Asís, Lilly Maldonado había tomado una decisión: lo había intentado y no había conseguido nada; Lenny no iba a cambiar, así que ella se desentendía.

La luz del vestíbulo era tenue y la mujer estaba tan decidida a soltar su discurso que no reparó en el cochecito que se ocultaba detrás de su sobrino.

Con los brazos cruzados y voz firme, dijo:

—Lenny, me preguntaste si podías quedarte unos días y ya han pasado tres semanas. No te quiero más aquí. Recoge tus cosas y márchate.

La voz estridente de Lilly sobresaltó al bebé y el débil lloriqueo derivó en un fuerte llanto.

—¿Qué es eso? —exclamó Lilly, y reparó en el cochecito. Apartó bruscamente a su sobrino y miró—. ¿Qué has hecho esta vez? —preguntó ella estupefacta—. ¿De dónde has sacado este bebé?

Lenny reaccionó con rapidez. No quería irse del apartamento. Era un lugar idóneo para vivir y la compañía de su tía le daba un aire de respetabilidad. Había leído la nota escrita por la madre de la criatura y enseguida concibió un plan.

—Es mía, tía Lilly. La madre es una muchacha por la que estuve loco, pero ella quiere ir a vivir a California y se ha empeñado en dar a nuestra hija en adopción. Pero yo quiero quedármela.

El llanto se había convertido en un berrido mientras unos puños diminutos golpeaban el aire.

Lilly lo contempló.

—Tiene hambre —dijo—. Por lo menos tu novia tuvo el detalle de comprar leche. —Agarró uno de los biberones y se lo entregó a Lenny—. Caliéntalo.

El semblante de la mujer cambió por completo cuando, tras retirar las mantas, levantó a la criatura y la acunó en sus brazos cálidos y reconfortantes.

—Qué bonita. ¿Cómo es posible que tu madre no te quiera? —Miró a Lenny—. ¿Cómo se llama?

Lenny pensó en el diamante del cáliz en forma de estrella.

—Estrella.

—Estrella —repitió Lilly Maldonado—. En Italia te llamaríamos Stellina, «estrellita».

Lenny observó el vínculo formado entre la pequeña y la anciana. Nadie se molestaría en buscar al bebé, pensó. No se trataba de ningún rapto y, en cualquier caso, si surgían problemas tenía la nota para demostrar que la criatura había sido abandonada. Sabía que en italiano abuela era *nonna*. Mientras calentaba el biberón en la cocina, se dijo con satisfacción: «Estrella, mi chiquilla, a partir de ahora yo tendré un hogar y tú una *nonna*.»

2

Siete años después

Willy Meehan estaba sentado al piano que su esposa Alvirah le había regalado por su sesenta y dos cumpleaños. Ceñudo, intentaba leer las notas del *Libro para principiantes maduros*. Quizá me será más fácil si me acompaño cantando, se dijo.

—Duerme, niño, y que la paz sea contigo —empezó.

Qué voz tan maravillosa, pensó Alvirah cuando entró en la sala. *Toda la noche* es uno de mis villancicos favoritos, pensó mientras miraba afectuosamente a su marido desde hacía más de cuarenta años. De perfil, su parecido con el difunto Tip O'Neil, el legendario portavoz de la Cámara de Representantes, era aún mayor que de frente, decidió. Con su mata de pelo gris, sus marcadas facciones, esos penetrantes ojos azules y esa cálida sonrisa, Willy todavía era objeto de miradas de reconocimiento aun cuando O'Neil llevaba muerto varios años.

A los ojos cariñosos de Alvirah, Willy estaba deslumbrador con el traje azul marino que se había puesto por deferencia a Bessie Durkin Maher, a cuyo velatorio estaban a punto de asistir. A regañadientes, Alvirah se había visto obligada a quitarse el traje azul de la talla doce que pensaba llevar y ponerse un vestido negro de una talla superior. Justamente el día antes ella y Willy habían llegado de un crucero por el Caribe y la suntuosa comida había echado por tierra su dieta.

—Ángeles de la guarda Dios te enviará —cantó Willy acompañándose con el piano.

A nosotros sí nos ha enviado un ángel nuestro querido Señor, pensó Alvirah, que para no molestar a Willy se dirigió de puntillas hasta la ventana a fin de disfrutar de la vista de Central Park.

Dos años atrás Alvirah, entonces mujer de la limpieza, y Willy, fontanero, vivían en el barrio de Jackson Heights de Queens, en el mismo apartamento que habían alquilado al casarse. Ella había tenido un día especialmente agotador en casa de la señora O'Keefe, quien nunca se daba por satisfecha a menos que Alvirah desplazara cada mueble de la casa al pasar la aspiradora. Con todo, tal como hacían los miércoles y sábados por la noche, el matrimonio se sentó frente al televisor a fin de oír cantar los números de la lotería y ver cómo las bolas caían en su lugar. Y casi les dio un infarto cuando comprobaron que sus números, los que siempre jugaban, eran cantados uno a uno.

Entonces nos dimos cuenta de que habíamos ganado cuarenta millones de dólares, pensó Alvirah, que todavía no daba crédito a su buena suerte.

No sólo fue suerte, sino también una bendición, se dijo mientras contemplaba la hermosa vista del parque. Eran las siete y cuarto, y los árboles y campos de Central Park aparecían cubiertos por un manto fulgurante de nieve fresca. A lo lejos, las luces navideñas iluminaban los alrededores de la Taberna del Parque. Los faros de los coches formaban un río de luz a lo largo de los sinuosos senderos. En cualquier otro lugar le habría parecido simplemente tráfico. Los carruajes tirados por caballos, no visibles en ese momento pero presentes sin duda en el parque, siempre le traían a la memoria las historias que su madre solía contarle sobre su niñez cerca de Central Park a principios de siglo. Los patinadores que se deslizaban por el hielo de Wollman Rink le recordaban a aquellas noches remotas en que iba patinando hasta los conciertos de órgano de la iglesia de San Raimundo del Bronx.

Después de ganar la lotería, ella y Willy se habían mudado a este lujoso apartamento. Vivir en Central Park siempre había sido uno de los sueños de Alvirah y, además, se trataba de una buena inversión. Con todo, todavía conservaban el apartamento de alquiler de Jackson Heights.

Lo cierto era que Alvirah había hecho un buen uso de su nueva riqueza y donado generosas sumas a obras benéficas sin dejar por ello de divertirse y pasarlo bien. Además, había tenido algunas experiencias memorables. Había ido al balneario de Cypress Point, en Pebble Beach, y allí había estado a punto de ser asesinada a causa de su olfato para las noticias. La experiencia demostró haber merecido la pena cuando se convirtió en articulista del *New York Globe*. y, puesto que una cosa siempre conduce a otra, ayudándose de una grabadora oculta en un broche con forma de sol que llevaba prendido a la solapa había resuelto varios crímenes y poco a poco se había ganado una reputación de auténtica detective, aunque aún era una aficionada, por supuesto.

Actualmente, de las habilidades de Willy como fontanero únicamente se beneficiaba su hermana mayor, la monja Cordelia, que cuidaba de los pobres y ancianos del Upper West Side de Manhattan. Mantenía a Willy ocupado reparando fregaderos, lavabos y calentadores en las viviendas que tenía a su cargo.

Antes de iniciar el crucero había trabajado a destajo para acabar de reparar el primer piso del almacén de muebles abandonado donde Cordelia dirigía una tienda de ropa de segunda mano, Home Base, que también era un centro que acogía por las tardes a los niños de primer a quinto grado cuyos padres trabajaban.

Sí, había decidido Alvirah, tener dinero no estaba nada mal siempre y cuando uno no olvidara cómo vivir sin él, algo que ella y Willy no tenían intención de hacer. Es maravilloso poder ayudar a otras personas, pensó, pero si nos quedáramos sin un céntimo nos bastaría con estar juntos para seguir siendo felices.

—Toda la noche —terminó Willy con un crescendo categórico—. ¿Estás lista, cariño? —preguntó mientras se levantaba del taburete.

—Lista —dijo Alvirah—. Tocas con mucho sentimiento. La mayoría de la gente se precipita con las canciones dulces.

Willy sonrió con benevolencia. Aunque lamentaba el día que comentó a Alvirah lo mucho que le habría gustado aprender a tocar el piano cuando era niño, estaba empezando a sentir auténtico placer cada vez que conseguía interpretar una canción sin cometer un solo error.

—Si toco tan despacio es porque no consigo leer las notas más deprisa —bromeó—. En fin, es hora de irnos.

El tanatorio estaba situado en la calle Noventa y seis, cerca de Riverside Drive. Mientras el taxi se dirigía hacia la parte alta de la ciudad, Alvirah meditó sobre sus amigas Bessie y Kate Durkin. Las había conocido muchos años atrás, cuando Kate trabajaba de dependienta en Macy's y Bessie era el ama de llaves interina de un juez jubilado y una esposa achacosa.

Cuando la mujer del juez murió, Bessie presentó su dimisión alegando que no podía vivir bajo el mismo techo que el juez sin la presencia de otra mujer.

Una semana después el juez Aloysius Maher le propuso matrimonio y Bessie, tras sesenta años de soltería, aceptó. Una vez casada, decidió convertir la hermosa y espaciosa casa del Upper West Side en su hogar.

Tras cuarenta años de feliz matrimonio, Willy y Alvirah habían llegado al extremo de pensar sobre los mismos temas antes siquiera de mencionarlos.

—Bessie sabía muy bien lo que hacía cuando dejó su trabajo —comentó Willy. Sus palabras se fundieron perfectamente con el pensamiento de Alvirah—. Sabía que si no pescaba al juez antes de que otras mujeres le echaran el ojo, perdería su oportunidad. Siempre trató esa casa como si fuera suya y el hecho de tener que abandonarla la habría matado.

—Es cierto, amaba esa casa —convino Alvirah—. Y seamos justos, tampoco ella era un mal partido. Como ama de llaves era magnífica y cocinaba como los ángeles. El juez siempre andaba impaciente por sentarse a la mesa. Tienes que reconocer que se desvivía por él.

Willy nunca había sido un partidario de Bessie Durkin.

—Sabía lo que hacía, pues el juez apenas duró ocho años más. Después de eso heredó la casa y una pensión, invitó a su hermana a vivir con ella y a partir de ese momento fue Kate la que se desvivió por Bessie.

—Kate es una santa, pero ahora que su hermana se ha ido, la casa será suya y contará con unos buenos ingresos. No pasará apuros.

Animada por su optimista declaración, Alvirah miró por la ventanilla del coche.

—¿No te parecen adorables todos esos adornos navideños en las ventanas, Willy? —preguntó—. Es una pena que Bessie haya muerto antes de las fiestas navideñas. Le encantaban.

—Sólo estamos a 4 de diciembre. Al menos vivió para ver el día de Acción de Gracias.

—Eso es cierto. Me alegro de haberlo pasado con ella. ¿Recuerdas cómo disfrutó del pavo? Se comió hasta el último bocado.

—Y todo lo que había a la vista —añadió Willy—. Ya hemos llegado.

Cuando el taxista se hubo detenido junto al bordillo, un empleado del tanatorio abrió la portezuela del coche y con voz solemne les dijo que Bessie Durkin Maher reposaba en el salón Este. Envueltos por el olor denso y dulzón de las flores, echaron a andar por el silencioso pasillo.

—Los tanatorios me ponen la piel de gallina —comentó Willy—. Siempre huelen a claveles muertos.

En el salón había unos treinta dolientes, entre ellos Vic y Linda Baker, la pareja que alquilaba el apartamento del ático de la casa de Bessie. Se hallaban en la cabecera del féretro, junto a Kate, la hermana de Bessie, recibiendo los pésames como si fueran de la familia.

—¿Qué hacen ahí? —susurró Willy a Alvirah mientras aguardaban su turno para hablar con Kate.

Trece años más joven que su formidable hermana, Kate era una mujer nervuda de setenta y cinco años, cabello gris y ojos azules y afectuosos que ahora aparecían anegados en lágrimas.

Bessie la había tratado cual tirana toda su vida, pensó Alvirah, y la envolvió en un abrazo.

—Ha sido lo mejor, Kate —dijo—. Si Bessie hubiese sobrevivido a la apoplejía habría sido una inválida el resto de su vida, y eso no iba con ella.

—Tienes razón —convino Kate enjugándose una lágrima—. Ella no lo habría querido. Supongo que siempre la consideré no sólo como una hermana sino también como una madre. Aunque era un poco rígida, tenía buen corazón.

—La echaremos mucho de menos —dijo Alvirah.

Willy, detrás de ella, soltó un suspiro.

Mientras éste abrazaba a Kate, Alvirah se volvió hacia Vic Baker. Con su formal atuendo se parecía a uno de los personajes de la familia Addams. Baker, hombre bajo y fornido, de treinta y cinco años, rostro aniñado, cabello moreno y ojos azules y sagaces, vestía traje y corbata negros. A su lado, Linda, su esposa, vestía igualmente de negro y sostenía un pañuelo contra la mejilla.

Seguro que están intentando exprimir alguna lágrima, pensó fríamente Alvirah. Había conocido a Vic y Linda el día de Acción de Gracias. Consciente de la delicada salud de su hermana, Kate había invitado a Alvirah y Willy, a las hermanas Cordelia y Maeve Marie y a monseñor Thomas Ferris, el pastor de la iglesia de San Clemente que vivía en la rectoría situada a pocos portales de la casa de Bessie, en la 103 Oeste, a compartir la cena con ellas.

Vic y Linda se presentaron cuando se hallaban en el café, y Alvirah tuvo la sensación de que Kate no les invitó a quedarse para el postre deliberadamente. Así pues, ¿por qué actuaban ahora como si fueran de la familia?, se preguntó mientras juzgaba de falsa la tristeza de Linda. Seguro que mucha gente la encontrará atractiva, admitió mientras observaba el rostro de la mujer, pero no me gustaría ponerme a malas con ella. No me fío de esa mirada tan fría, y ese peinado erizado con todas esas mechas doradas es la reoca.

—... como a una madre —estaba diciendo Linda con voz trémula.

Willy, obviamente, había oído el comentario y no pudo reprimir el suyo.

—Le alquilasteis el apartamento hace menos de un año, ¿no es así?

Sin esperar respuesta, tomó a Alvirah del brazo y la condujo hacia un reclinatorio.

Tanto muerta como en vida Bessie Durkin tenía aspecto de controlar la situación. Perfectamente peinada, luciendo su mejor vestido y el estrecho collar de perlas falsas que el juez le había regalado el día de la boda, el rostro de Bessie reflejaba la satisfacción de alguien que había conseguido convertir en costumbre el hecho de que los demás hicieran las cosas a su manera.

Antes de marcharse, Alvirah y Willy se despidieron de Kate y le prometieron que acudirían al funeral, que se celebraría en la iglesia de San Clemente, y que irían con ella en el coche hasta el cementerio.

—La hermana Cordelia también vendrá —le dijo Kate—. Willy, esta semana, mientras estabais fuera, tu hermana me ha tenido muy preocupada. Lo está pasando muy mal. Los inspectores del ayuntamiento se lo están poniendo cada vez más difícil con el tema de Home Base.

—Lo suponíamos —dijo Willy—. La llamé esta mañana, pero había salido. Esperaba verla aquí esta noche.

Kate vio que Linda Baker echaba a andar hacia ellos. Entonces bajó la voz.

—He invitado a la hermana a mi casa después del entierro —susurró—. Quiero que vosotros también vengáis. El monseñor también estará.

Se despidieron y, como Willy necesitaba un poco de aire fresco para sacudirse el olor abrumador de las flores, decidieron caminar un poco antes de llamar un taxi.

—¿Has visto cómo Linda Baker corrió hacia nosotros cuando nos vio hablando con Kate? —preguntó Alvirah mientras paseaban del brazo por la avenida Columbus.

—Desde luego. Tengo que reconocer que había algo en esa mujer que no me gustó. Y ahora estoy preocupado por Cordelia. No se deja acobardar fácilmente y ha abarcado más de lo que podía apretar al intentar cuidar de esos críos después del colegio.

—Sólo los mantiene calientes y seguros hasta que sus madres puedan recogerlos después del trabajo. ¿Quién puede ver algo malo en eso?

—El ayuntamiento. Nos guste o no, existe un reglamento sobre el cuidado de los niños. Creo que ya he tenido suficiente aire. Por ahí viene un taxi.

3

—Nos guste o no, existe un reglamento —declaró con un suspiro la hermana Cordelia, repitiendo sin saberlo las palabras pronunciadas por Willy el día anterior—. Me han dado de tiempo hasta el 1 de enero y el inspector Pablo Torres me dijo que él ya estaba quebrantando hasta la última norma alargándolo tanto.

Era la una de la tarde. Después de la misa de Resurrección Bessie Durkin había descendido a su lugar de reposo en el cementerio Calvary junto a tres generaciones Durkin.

Willy y Alvirah, monseñor Ferris, la hermana Cordelia y su ayudante la hermana Maeve Marie —una ex policía de veintinueve años— estaban sentados a la mesa en casa de Bessie, saboreando el jamón de Virginia, la ensalada de patatas y las galletas saladas que había preparado Kate.

—¿Queréis algo más? —preguntó.

—Kate, siéntate de una vez —le ordenó Alvirah, y se volvió hacia su cuñada—. ¿Cuáles son exactamente esos problemas tan terribles, Cordelia?

Por un breve instante la preocupación desapareció del rostro de la monja. Cordelia sonrió y miró a Alvirah con ternura.

—Algo que ni siquiera tú podrías solucionar. Tenemos treinta y seis niños, de entre seis y once años, que vienen a nosotros después del colegio. Pregunté a Pablo si prefería tenerlos en la calle. También le pregunté qué estábamos haciendo mal. Les damos de merendar. Hemos reclutado a algunos estudiantes de bachillerato que les ayudan con los deberes y juegan con ellos. Siempre hay algún voluntario en la tienda de ropa, así que la vigilancia es continua. Los padres los recogen antes de las seis y media. Naturalmente, no les cobramos. Por otro lado, las enfermeras de los colegios examinan a todos los niños que acogemos. Nunca se han quejado de nada.

Cordelia suspiró y sacudió la cabeza.

—Sabemos que la propiedad está en venta —explicó la hermana Maeve—, pero no tenemos que dejarla hasta dentro de un año. Hemos lijado y pintado todo el primer piso, que es la parte destinada a los niños, así que no hay astillas con las que puedan hacerse daño, pero por lo visto sigue siendo un problema porque dicen que hace años se utilizó pintura con plomo. La hermana superiora preguntó a Pablo si había visto las condiciones en que vivían esos chiquillos y las había comparado con las de Home Base. Le contestó que él no hacía el reglamento. Dijo que el edificio ha de tener dos salidas, más la de incendios.

—La escalera es tan ancha que pueden bajar por ella cinco niños a la vez, pero eso no lo tienen en cuenta —intervino la hermana Cordelia—. Maeve, la lista es interminable. La cuestión es que dentro de cuatro semanas tenemos que cerrar las puertas del Home Base y si alguno de esos críos aparece, no tendremos más remedio que enviarlos a casa, es decir, a un apartamento vacío sin seguridad ni vigilancia.

Monseñor Ferris levantó su taza vacía y Kate cogió la tetera.

—Sí, gracias. Kate, creo que ha llegado la hora de que compartamos nuestra buena noticia con los demás.

La mujer se mostró cohibida.

—Hable usted, monseñor.

—Con mucho gusto. Bessie, que descanse en paz, sabía que su final estaba cerca y el día después de Acción de Gracias me pidió que pasara a verla.

Ojalá sea lo que creo que es, pensó Alvirah.

La serenidad que caracterizaba el rostro amable de monseñor Ferris se iluminó ante la estupenda noticia que estaba a punto de anunciar. El hombre se mesó el cabello, aún ligeramente despeinado a causa del viento que soplaba en el cementerio, y sonrió.

—Bessie me dijo que en su testamento dejaba a su hermana la casa así como una renta para que no le faltara nada, pero que Kate le había comentado que deseaba ceder la casa a la hermana Cordelia para el programa Home Base.

—¡Santo cielo! —exclamó Cordelia—. Oh, Kate.

—A Kate le gustaría seguir viviendo aquí, en el ático que ahora ocupan los Baker. A decir verdad, Bessie no estaba muy de acuerdo con la idea, pero sabía que la decisión era de Kate y me pidió que me asegurara de que no surgieran problemas.

—Ya sabéis que Bessie no me creía capaz ni de cruzar la calle sola —comentó Kate con cariño.

—Aseguré a Bessie que estando la rectoría tan cerca me resultaría muy fácil supervisarlo todo, pero también le dije que Kate era muy capaz de ocuparse de sus asuntos —explicó el monseñor.

—Me encantaría tener el Home Base aquí —dijo Kate—. Quise trabajar como voluntaria desde el día que lo inauguraste, Cordelia, pero Bessie me necesitaba.

Monseñor Ferris se levantó.

—Siempre he considerado la previsión una virtud

—declaró—. Casualmente tengo una botella de champán en el congelador. Creo que deberíamos brindar por las hermanas Durkin.

Es una noticia fantástica, pero entonces ¿qué es lo que me inquieta?, se preguntó Alvirah. ¿Por qué tengo la impresión de que algo irá mal? Examinó mentalmente las diferentes posibilidades del mismo modo que habría utilizado su lengua para buscar el origen de un dolor de muelas. Sólo necesitó unos segundos para encontrar la causa de su inquietud: los Baker.

—¿Estás segura de que podrás echar a los Baker, Kate? —preguntó—. Hoy día no es fácil deshacerse de los inquilinos.

—Estoy segura. El contrato termina en enero y una cláusula especifica que la renovación sólo se llevará a cabo si el propietario lo desea. ¿Te acuerdas de aquel joven obsesionado por el ejercicio que tuvimos de inquilino? No pasaba una semana sin que se le cayera una pesa, y siempre en mitad de la noche. Bessie estaba segura de que terminaría hundiendo la casa. Cuando consiguió deshacerse de él añadió esa cláusula en el contrato de alquiler de los nuevos inquilinos.

—Está claro que habéis pensado en todo —observó Willy.

—Lamento tener que decir a los Baker que deben marcharse, pero para seros franca me alegraré de no tenerlos conmigo —dijo Kate—. Vic Baker se pasa el día aquí abajo buscando cosas que reparar. Cualquiera que le viera pensaría que es su casa.

Una hora después, Willy y Alvirah acompañaron a monseñor Ferris hasta la puerta de la rectoría. El cielo aparecía cubierto de nubes. El viento era afilado y el frío húmedo calaba hasta los huesos.

—Dicen que nos aguarda un invierno largo —comentó Alvirah—. ¿Os imagináis que dentro de dos semanas las hermanas hubieran tenido que decir a esos niños que no podían ir a Home Base, donde estarían abrigados y seguros?

Era una pregunta que no esperaba respuesta y, de todos modos, Alvirah tenía la atención puesta en una joven con chandal que contemplaba la rectoría desde el otro lado de la calle.

—¿Ve a esa mujer, monseñor? ¿No cree que su actitud resulta un poco extraña?

El padre asintió con la cabeza.

—La vi ahí mismo ayer y esta mañana en misa. Me acerqué a ella y le pregunté si podía ayudarla en algo. Dijo que no y se marchó a toda prisa. Si tiene algún problema del que desea hablar, me temo que tendré que dejar que sea ella la que se acerque.

Willy apretó el brazo de Alvirah.

—No olvides que nos esperan en Home Base para ayudar con el ensayo de la función de Navidad.

—En otras palabras, no te metas donde no te llaman, ¿no? —repuso animadamente Alvirah—. Supongo que tienes razón.

Miró de nuevo la acera de enfrente. La joven caminaba ahora en dirección oeste. Alvirah admiró su perfil clásico y su porte elegante.

—Su cara me resulta familiar —dijo—. Tendré que ponerme la gorra pensadora.

4

Están hablando de mí, pensó Sondra al tiempo que se alejaba. La casa donde se había detenido a mirar ya no se hallaba en proceso de restauración. No había ningún andamio que la ocultara mientras intentaba decidir qué hacer.

Pero ¿qué podía hacer? No podía retroceder siete años y recuperar aquel momento en que cruzó la calle, abrió el cochecito y abandonó a su bebé en el portal de la rectoría. Ojalá pudiera, pensó. Dios mío, ¿qué voy a hacer? ¿Qué ha sido de mi pequeña? ¿Quién se la llevó? Trató de reprimir las lágrimas.

Un taxi se detuvo frente a ella a causa del tráfico. Sondra le hizo señas con el brazo.

—Al Wyndham, en la 58 Oeste, entre la Quinta y la Sexta avenidas —dijo mientras se instalaba en el asiento trasero.

—¿Es su primera visita a Nueva York? —preguntó el taxista.

—No.

Pero no he vuelto en siete años, pensó. Tenía doce cuando su abuelo la trajo por primera vez, desde Chicago, para asistir a un concierto de Midori en el Carnegie Hall. Después la llevó en dos ocasiones más. «Algún día tocarás en un escenario —le comentó su abuelo—. Posees talento. Puedes alcanzar tanto éxito como ella.»

Violinista cuyas manos se habían visto limitadas por la artritis, hecho que acabó pronto con su carrera, su abuelo se había ganado la vida como profesor y crítico de música. Y me mantuvo, pensó tristemente Sondra. Con sesenta años me abrió las puertas de su casa.

Ella apenas tenía diez cuando sus padres fallecieron en un accidente de coche. El abuelo se ocupó de mí, me enseñó cuanto sabía sobre música, recordó Sondra. Y todo el dinero se le iba en llevarme a los conciertos de los grandes violinistas.

Gracias a su gran talento, Sondra obtuvo una beca completa para estudiar en la Universidad de Birmingham y fue allí, en la primavera de su primer año, donde conoció a Anthony del Torre, un pianista que había llegado al campus para dar un concierto. Lo que siguió fue algo que nunca debió ocurrir.

¿Cómo iba a decirle al abuelo que me había acostado con un hombre casado?, se preguntó ahora. No podía quedarme con el bebé. No tenía dinero para pagar a una niñera. Me quedaban muchos años de universidad por delante. Y si le hubiese contado lo ocurrido al abuelo, le habría roto el corazón.

Mientras el taxi se abría paso por el lento tráfico, Sondra recordó aquella dolorosa época de su vida. Había ahorrado dinero para venir a Nueva York. Se hospedó en un hotel barato y compró la ropa de bebé, los pañales, los biberones y el cochecito. Dio con el hospital más próximo y decidió acudir a la sección de urgencias en cuanto se pusiera de parto. Tendría que dar un nombre y una dirección falsos. Pero el bebé nació tan deprisa que no tuvo tiempo de llegar al hospital. Eso ocurrió un 3 de diciembre.

Desde el principio del embarazo había decidido que

abandonaría al bebé en Nueva York. Le encantaba esa ciudad. Cuando la visitó por primera vez con su abuelo supo que algún día viviría en Manhattan. Allí se había sentido como en casa desde el primer momento. Durante esa primera visita su abuelo la llevó a San Clemente, la iglesia que solía frecuentar cuando era niño.

«Cada vez que deseaba un favor especial, me arrodillaba en el reclinatorio más próximo al retrato del obispo Santori y el cáliz —le había contado el abuelo—. Ellos siempre me daban consuelo, Sondra. Aquí vine cuando supe que la rigidez de mis dedos no tenía solución. Nunca había estado tan cerca de la desesperación.»

Los días previos al parto Sondra había visitado varias veces la iglesia de San Clemente, y en cada ocasión se arrodillaba en el mismo reclinatorio que su abuelo. Había observado a los clérigos y visto la bondad en la cara de monseñor Ferris. Enseguida supo que le buscaría un buen hogar a su pequeña.

¿Dónde estará mi bebé?, se preguntó ahora. La angustia la consumía desde el día antes. Nada más llegar al hotel, había telefoneado a la rectoría y explicado que era una periodista que estaba siguiendo la historia del bebé abandonado en el portal de la rectoría el 3 de diciembre de siete años atrás.

—¿Un bebé abandonado en San Clemente? —exclamó asombrada la secretaria—. Me temo que se confunde. Llevo veinte años aquí y nunca ha ocurrido nada parecido.

El taxi dobló por Central Park South. Antes solía imaginar a la gente que había adoptado a mi pequeña paseando con su cochecito por este parque, pensó.

El día antes por la tarde había entrado en la biblioteca y solicitado el microfilme de los periódicos de Nueva York del 4 de diciembre de aquel año. La única referencia que se hacía a la iglesia de San Clemente era un artículo sobre un robo perpetrado allí, el robo del cáliz del obispo Santori, el padre fundador.

Probablemente por eso la policía se encontraba allí cuando telefoneé, por eso el monseñor estaba con ellos, pensó Sondra, presa de una creciente angustia. Y yo creí que era porque habían encontrado al bebé.

Así pues, ¿quién se había llevado a su pequeña? La había dejado dentro de una bolsa de papel para mantenerla abrigada. Quizá unos niños pasaron por allí, y empujaron el cochecito y luego lo abandonaron sin darse cuenta de que contenía un bebé. Tal vez había muerto de frío.

En ese caso podría ir a la cárcel, pensó Sondra. ¿Cómo se lo tomaría su abuelo? Siempre está diciendo que todos los sacrificios que ha hecho durante estos años han merecido la pena. Le llena de orgullo que el próximo 23 de diciembre toque en el Carnegie Hall. Siempre abrigó ese sueño, primero para él y luego para mí.

La gala de beneficencia la daría a conocer entre los críticos de Nueva York. Yo-Yo Ma, Plácido Domingo, Kathleen Battle, Emanuel Ax y la brillante y joven violinista Sondra Lewis eran las principales atracciones. Todavía le costaba creerlo.

—Ya hemos llegado, señorita —dijo el taxista.

—Oh, lo siento —repuso Sondra, sobresaltada. Buscó en su monedero un billete de cinco dólares—. Quédese con el cambio —dijo al tiempo que abría la portezuela.

—No creo que sea su intención darme cuarenta y cinco dólares de propina, señorita.

Sondra miró el billete de cincuenta dólares que le tendía el taxista.

—Oh, gracias —barboteó.

—Tiene suerte de que no me guste aprovecharme de las jóvenes bonitas.

Mientras cambiaba el billete de cincuenta por uno de cinco, Sondra pensó: es una pena que no rondaras por aquí cuando abandoné a mi bebé para conservar la buena opinión que mi abuelo tenía de mí y la oportunidad de triunfar.

5

Nada más llegar al edificio de la avenida Amsterdam —el antiguo Bazar del Mueble de Goldsmith e Hijo que ahora alojaba la tienda de ropa de segunda mano de la hermana Cordelia—, Alvirah y Willy subieron directamente al primer piso.

Eran las cuatro de la tarde y los niños que acudían a Home Base después del colegio estaban sentados en el suelo con las piernas cruzadas, en torno a la hermana Maeve Marie. La enorme planta había sido transformada en una sala luminosa y acogedora. Habían pulido el linóleo del suelo hasta tal punto que incluso brillaban los tablones que asomaban por las zonas desgastadas.

Las paredes, pintadas de amarillo, aparecían adornadas con dibujos y recortes hechos por los niños. Los viejos radiadores silbaban y hacían ruido, pero gracias a Willy y su mágica habilidad para reparar lo irreparable, caldeaban muy bien.

—Hoy es un día muy especial —estaba diciendo la hermana Maeve Marie—. Vamos a empezar el ensayo de la función de Navidad.

Willy y Alvirah se sentaron cerca de la escalera y contemplaron la escena afectuosamente. Voluntaria habitual de Home Base, Alvirah tenía como misión organizar la fiesta que se celebraría tras la función, mientras que Willy haría de Papá Noel.

Los ojos vivos y expectantes de los niños estaban clavados en la hermana Maeve Marie.

—Hoy empezaremos a aprender las canciones de Navidad y de la Hanukka que cantaremos a lo largo de la función. Luego cada uno estudiará su papel.

—¿No te parece fantástico que Cordelia y Maeve se hayan asegurado de que todos digan por lo menos una frase? —susurró Alvirah.

—¿Todos? Confiemos en que sea corta —repuso Willy.

Alvirah sonrió.

—No hablas en serio.

—¿Que no?

—Sshh.

La madre Maeve Marie procedió a leer los nombres de los niños encargados de narrar la historia de la Hanukka.

—Rachel, Barry, Shila...

Cordelia subió y observó a los niños con mirada experta. Advirtiendo jaleo, se acercó a Jerry, un pillo de siete años que estaba fastidiando a su vecino de seis, y le dio una suave reprimenda.

—Sigue así y me buscaré a otro san José —le advirtió. Luego se acercó a Alvirah y Willy—. Cuando regresé a Home Base había otro mensaje de Pablo Torres —explicó—. Había ido al ayuntamiento para intentar conseguirnos una prórroga, y estoy segura de que hizo cuanto pudo, pero no se la dieron. Creo que se alegró tanto como nosotras de saber que Kate nos cedía la casa. Conoce el edificio y está seguro de que no tendremos problemas para trasladarnos allí. Hasta podríamos acoger a más niños.

En ese momento un voluntario de la tienda de ropa apareció corriendo.

—Hermana, Kate Durkin está al teléfono y pregunta por usted. Dése prisa, no para de llorar.

6

Aunque no quedaba ni rastro del festín celebrado unas horas antes, Willy, Alvirah, monseñor Ferris y la hermana Cordelia se hallaban de nuevo sentados a la mesa. Kate sollozaba quedamente.

—Hablé con los Baker hace una hora —explicó—. Les dije que tenía intención de ceder la casa a Home Base y que no podía renovarles el contrato.

—¿Y dices que sacaron un nuevo testamento? —le preguntó incrédulamente Willy.

—Sí. Dijeron que Bessie había cambiado de parecer, que no le hacía ninguna gracia que una pandilla de niños le destrozara la casa. También que Bessie les había dicho que el trabajo de pintura y las reparaciones realizadas por Vic le habían demostrado que eran capaces de mantener la casa tal como a ella le gustaba. Ya sabéis lo mucho que quería esta casa.

Se casó con el juez por ella, pensó irónicamente Alvirah.

—¿Cuándo lo firmó?

—El 30 de noviembre.

—Bessie me enseñó el primer testamento el 27 de noviembre, cuando vine a verla —explicó monseñor Ferris—, y parecía muy satisfecha. Fue cuando me pidió que me asegurara de que Kate se quedaba con el apartamento del ático después de ceder la casa a Home Base.

—Bessie me ha dejado una renta y, según el nuevo testamento, se me permite vivir en el apartamento de la casa de los Baker sin pagar alquiler. ¡Sueña si cree que voy a vivir con esa gente! —Las lágrimas caían ahora libremente por las mejillas de Kate—. No puedo creer que Bessie me haya hecho una cosa así y haya dejado esta casa a unos perfectos extraños. Ella sabía que los Baker no me caían bien. Y la idea de mudarme a otro apartamento es impensable. Ya conocéis el precio de los alquileres en Manhattan.

Kate está asustada, enfadada y dolida, pensó Alvirah. Y lo que es peor... Miró a Cordelia y por primera vez desde que la conocía le pareció que aparentaba su edad.

—Cordelia, te prometo que se nos ocurrirá algo para conseguir que Home Base siga adelante.

Cordelia sacudió la cabeza.

—No antes de cuatro semanas —dijo—, a menos que ocurra un milagro.

Monseñor Ferris examinó la copia del nuevo testamento.

—Parece legítimo —dijo—. Está escrito en el papel de Bessie. Sabemos que era una buena mecanógrafa y no hay duda de que es su firma. Échale un vistazo, Alvirah.

Ésta hojeó la página y media del testamento y leyó el texto.

—No hay duda de que pudo escribirlo Bessie. Escucha, Willy: «Una casa es como un niño, y cuando tu final se acerca es importante rodearla de la protección de quienes sabes que cuidarán de ella de la forma más idónea. No me siento a gusto sabiendo que la presencia diaria de un grupo de niños terminará alterando el aspecto y el carácter de esta pulquérrima casa que tanto sacrificio me ha costado.»

—¿Lo dice por haberse casado con el juez Maher? —preguntó Willy—. No era un mal tipo.

Alvirah se encogió de hombros y continuó leyendo.

—«Por tanto, lego mi casa a Victor y Linda Baker, quienes sé que cuidarán de ella respetando el estilo que la caracteriza.» ¡Estilo! —bufó mientras dejaba el testamento sobre la mesa—. ¿Hay mejor estilo que echar una mano a unos niños? —Se volvió hacia el monseñor—. ¿Quién presenció la firma de este despreciable papel?

—Dos amigos de los Baker —respondió el clérigo—. Como es natural, buscaremos un abogado para que nos diga si se puede hacer algo, pero a mí me parece legítimo.

Willy llevaba varios minutos observando a Alvirah.

—Tus neuronas están trabajando, cariño. Lo noto.

—Es cierto —reconoció Alvirah mientras encendía la grabadora oculta en su broche—. Este testamento me recuerda a Bessie en muchos aspectos. Pero dime una cosa, Kate, ¿alguna vez le oíste utilizar el adjetivo «pulquérrimo»?

—No; creo que no.

—¿Qué cosas solía decir cuando hablaba de la casa?

—Oh, ya conoces a Bessie. Se jactaba de que podías comer una cena de siete platos en el suelo y cosas así.

—Exacto —dijo Alvirah—. Estoy convencida de que este testamento es falso. Kate, Cordelia, os prometo que si hay alguna forma de demostrarlo, la encontraré.

7

La hermana Maeve Marie se había quedado en Home Base dirigiendo el ensayo de la función de Navidad, pero su mente no cesaba de tejer las peores hipótesis sobre por qué la hermana Cordelia, Willy y Alvirah se habían marchado tan precipitadamente a casa de Kate Durkin.

«Ha surgido un problema y Kate está muy afligida», fue cuanto Cordelia alcanzó a contarle antes de irse.

Tal vez a Kate le habían entrado ladrones en la casa o asaltado en la calle, pensó Maeve Marie. Sabía que algunos delincuentes leían las esquelas de los periódicos para saquear la casa del difunto mientras la desconsolada familia se hallaba en el entierro. Ex policía de Nueva York, con cuatro hermanos también policías, Maeve Marie barajó la posibilidad de un delito.

Había asignado a cada niño su papel en la función y les había pedido que lo estudiaran en casa. La Hanukka la recitarían al principio y después entonarían la canción.

Luego seguiría la lectura del decreto del emperador Augusto que anunciaba la creación de un censo y ordenaba a todos los ciudadanos que fueran al pueblo de sus antepasados para registrarse.

Cordelia y Alvirah habían escrito la obra y Maeve Marie las había felicitado por haber incluido en esa primera escena tantos personajes con un papel hablado. A los niños les encantaba. Además, las frases eran breves y sencillas.

«El pueblo de mi padre está muy lejos.»

«Es un viaje muy largo y no tengo a nadie que cuide de los niños.»

«Debemos encontrar a alguien, porque lo más importante es la seguridad de nuestros niños.»

Cordelia había confesado que se había tomado algunas libertades con el diálogo, ya que los inspectores municipales habían sido invitados a la función y quería asegurarse de que captaban el mensaje: «Lo más importante es la seguridad de nuestros niños.»

Los únicos que no habían recibido frases al azar eran los tres Reyes Magos, los pastores, la Virgen María y san José. Los niños seleccionados para interpretar dichos personajes tenían las mejores voces del grupo y dirigirían los cantos en la escena del establo.

Jerry Núñez, el chiquillo más travieso entre los pequeños, hacía de san José, y Stellina Centino, una niña seria y extrañamente tranquila de siete años, era María.

Stellina y Jerry vivían en el mismo edificio y la madre de éste solía recogerlos al final del día.

—La mamá de Stellina se marchó a California cuando ella aún era un bebé —explicó la señora Núñez a las monjas—. Y su padre siempre está viajando. La ha criado Lilly, su tía abuela, pero últimamente la pobre está muy delicada de salud. Y no se imaginan lo mucho que le preocupa Stellina. Siempre me dice: «Gracie, tengo ochenta y dos años y he de vivir otros diez para poder cuidarla. No le pido otra cosa a Dios.»

Stellina es una niña preciosa, pensó Maeve mientras repasaba la escena final de la función. Los rizos rubios, recogidos en la nuca con un pasador, le caían por la espalda como una cascada. Sus grandes ojos castaños y sus largas pestañas hacían resaltar su tez de porcelana.

Jerry, que era incapaz de estarse quieto, empezó a hacer muecas a uno de los pastores. Antes de que Maeve Marie tuviera tiempo de reñirle, Stellina dijo:

—Jerry, cuando eres san José tienes que portarte muy bien.

—Vale —convino Jerry, y se quedó inmóvil en una postura de exagerada solemnidad.

—El coro de ángeles empieza a cantar, los pastores los oyen y tú, Tommy, los señalas y dices... ¿qué dices? —preguntó la hermana Maeve Marie.

—Digo: «Caray, esos ángeles cantan de miedo» —sugirió Tommy, que tenía seis años.

La hermana Maeve Marie se esforzó por no sonreír. Tommy tenía a un listillo por hermano y todo indicaba que éste le había estado dando lecciones.

—Tommy, tienes que aprenderte bien el papel. Si no escuchas no podrás ser el jefe de los pastores —dijo la hermana con firmeza.

El ensayo terminó a las seis. No ha estado mal para ser el primer día, se dijo Maeve Marie mientras felicitaba a los niños por su actuación. Y lo mejor era que los chiquillos se divertían. Y ella también, aunque el placer que le daba verles aprenderse el papel se había visto eclipsado por un nerviosismo creciente: ¿Dónde estaba Cordelia? ¿Qué había ocurrido?

Mientras ayudaba a separar abrigos, bufandas y guantes de lana, Maeve observó que Stellina, como siempre, había colgado con sumo cuidado el precioso abrigo azul que le había hecho su *nonna*.

A las seis y media todos los niños, salvo Jerry y Stellina, se habían marchado, la mayoría de la mano de un adulto o un hermano mayor. A las siete menos cuarto la hermana Maeve Marie los bajó a la tienda de ropa, que ya estaba cerrada. Cinco minutos más tarde Gracie Núñez irrumpió jadeante en el local.

—Mi jefa —dijo poniendo los ojos en blanco—. Teníamos que enviar unas faldas y hoy faltaban dos compañeras. Me habría jugado el trabajo si llego a decirle que tenía niños de los que ocuparme. Que Dios la bendiga, hermana. No imagina lo que significa para mí saber que están seguros con usted. Jerry, di gracias y buenas tardes a la hermana.

Stellina no necesitaba que se lo recordasen.

—Buenas noches, hermana —dijo—, y muchas gracias. —Luego, con una sonrisa inusual en ella, añadió—: Mi *nonna* está muy contenta de que interprete a la Virgen María. Cada noche me escucha cuando recito mi papel y me llama Madonna.

Una vez se hubieron marchado, Maeve cerró la puerta con llave y procedió a apagar luces. Cordelia debe de estar todavía con Kate Durkin, o tal vez haya ido a ver a las viejitas, pensó. Preocupada por las noticias que le esperaban en casa, dejó escapar un suspiro.

Estaba poniéndose el abrigo cuando oyó unos golpecitos en la ventana. Al volverse vio la cara de un hombre de unos cuarenta años iluminada por las luces de la calle. Maeve le miró con la inquietud instintiva de una ex policía.

—¿Hermana, está mi hijita aquí? Se llama Stellina Centino.

¡El padre de Stellina! Maeve corrió hasta la puerta y la abrió. Estudió el rostro anguloso del hombre y enseguida desconfió de su buen aspecto y de su cara de pocos amigos.

—Lo siento, señor Centino, pero no le esperábamos —dijo fríamente—. Stellina se marchó con la señora Núñez, como hace siempre.

—Sí, claro, lo había olvidado —repuso Lenny Centino—. Viajo mucho a causa de mi trabajo. En fin, hermana, hasta la semana que viene. Tengo intención de recoger a mi pequeña algunos días para llevarla a cenar y puede que incluso al cine. Se lo merece. Estoy orgullosa de ella. Se está convirtiendo en una niña muy guapa.

—Debería estarlo. Es una niña muy guapa en todos los sentidos —repuso secamente Maeve Marie.

Luego observó cómo el hombre se marchaba; había algo en él que la inquietaba.

Todavía preocupada por la hermana Cordelia, dio un repaso al edificio, conectó el sistema de alarma y se dirigió a casa bajo una nieve que anunciaba otra fuerte tormenta.

Encontró a la hermana Cordelia sentada junto a la hermana Bernadette y la hermana Catherine, dos monjas jubiladas con las que compartían apartamento.

—Maeve, debo reconocer que estoy agotada —dijo Cordelia, y procedió a hablarle del nuevo testamento de Bessie Durkin Maher.

Recelosa, Maeve empezó a hacer preguntas sobre el documento.

—Y aparte del uso del adjetivo «pulquérrimo», ¿hay algo más que sugiera que el testamento es falso?

Cordelia sonrió con tristeza.

—Únicamente la intuición de Alvirah.

La hermana Bernadette, que estaba a punto de cumplir los noventa, asentía con la cabeza desde su butaca.

—La intuición de Alvirah y algo que el Señor nos dijo, Cordelia —añadió—. Ya sabéis a lo que me refiero.

Al ver la cara de desconcierto de sus compañeras, la monja sonrió y murmuró:

—«Dejad que los niños se acerquen a mí.» Dudo que Bessie olvidase eso por muy orgullosa que estuviera de su casa.

8

Stellina llevaba una llave del piso en un bolsillo de cremallera de su abrigo. Se la había dado Nonna después de hacerle prometer que nunca le diría a nadie que estaba allí. Ahora siempre la utilizaba cuando llegaba a casa para no hacer levantar a la anciana en caso de que estuviera descansando.

Al llegar a casa solía encontrarla cosiendo en el cuartito donde su padre dormía cuando estaba en la ciudad. Entonces merendaban leche con galletas y si Nonna tenía ropa que entregar, dobladillos que hacer o medidas que tomar en otras casas, Stellina la acompañaba y la ayudaba a acarrear las bolsas.

Últimamente, sin embargo, Nonna visitaba el hospital con mucha frecuencia, y por eso la señora Núñez había sugerido que Stellina fuera a Home Base después del colegio.

Algunas noches, si Nonna se encontraba bien, Stellina la encontraba en la cocina preparando la cena y el apartamento se llenaba del delicioso aroma a salsa de espagueti. Hoy, no obstante, la halló tumbada en la cama con los ojos cerrados, pero se dio cuenta de que no dormía porque movía los labios. Seguro que está rezando, pensó Stellina. Nonna rezaba mucho.

La pequeña se arrodilló para besarla.

—Nonna, ya estoy aquí.

La anciana abrió los ojos y suspiró.

—Estoy muy preocupada, Stellina. Tu padre vino y dijo que iría a recogerte a Home Base y que luego te invitaría a cenar. No quiero que vayas con él. Si alguna vez se presenta en Home Base preguntando por ti, di que Nonna te ha ordenado que vuelvas a casa con la señora Núñez.

—¿Papá ha vuelto? —preguntó Stellina, tratando de ocultar su sorpresa.

Por nada del mundo habría dicho a Nonna que lamentaba que su padre hubiese vuelto, pero así era. Cuando su padre estaba en casa, él y Nonna discutían mucho. Y a Stellina no le gustaba salir con él porque a veces la llevaba a ver gente con la que también discutía. A veces esa gente le daba dinero y su padre protestaba y decía que lo que él les había entregado valía mucho más.

Nonna se incorporó lentamente.

—Debes de estar hambrienta, cariño. Voy a prepararte la cena.

Stellina la tomó del brazo para ayudarla a levantarse.

—Qué niña tan buena —murmuró la anciana mientras se dirigía a la cocina.

Stellina tenía hambre y los espagueti de Nonna siempre estaban deliciosos, pero hoy le estaba costando comer porque su tía abuela la tenía preocupada. Parecía muy angustiada y respiraba con dificultad, como si hubiese estado corriendo.

El ruido de la puerta les indicó que él había llegado. Nonna frunció el entrecejo y a Stellina se le secó la boca. Sabía que pronto habría pelea.

Lenny entró en la cocina, se acercó a Stellina y la levantó en vilo. Luego empezó a girar con ella y la besó.

—Estrella, mi pequeña —dijo—, te he echado tanto de menos.

Stellina intentó soltarse. Le estaba haciendo daño.

—¡Déjala en el suelo, animal! —exclamó Nonna—. ¡Largo de aquí! ¡No eres bienvenido en esta casa! ¡Márchate y déjanos en paz!

Por una vez Lenny no se enfadó. En lugar de eso, sonrió.

—Lilly, puede que algún día me vaya para siempre, pero si lo hago me llevaré a Estrella conmigo. Ni tú ni nadie puede impedírmelo. No olvides que soy su papaíto.

Giró sobre los talones y se marchó dando un portazo. Stellina advirtió que la anciana temblaba y tenía la frente perlada de sudor.

—No te preocupes, Nonna —dijo—. No iré con él a ningún sitio.

Nonna rompió a llorar.

—Stellina, si alguna vez me pongo muy enferma y no puedo estar aquí contigo, no te vayas con tu padre. Pediré a la señora Núñez que cuide de ti. Prométeme que nunca te irás con él. No es un buen hombre. Siempre anda metido en líos.

Mientras Stellina intentaba tranquilizarla, la oyó susurrar:

—Él es su padre y tutor. Dios mío, ¿qué puedo hacer?

9

Alvirah dejó de dormir a pierna suelta, tal como sucedía cada vez que intentaba resolver un posible delito. Ella y Willy habían apagado la luz después del telediario de las once, que veían desde la cama, y las siguientes seis horas las pasó dormitando y teniendo sueños perturbadores. Al final despertó sobresaltada.

Finalmente, a las cinco y media, apiadándose de Willy —que a lo largo de la noche había farfullado varios «¿estás bien, cariño?»—, se levantó, se puso su vieja bata de felpa, cogió un bolígrafo y la libreta donde hacia las anotaciones de sus investigaciones en curso, preparó una taza de té, se sentó a la mesa de comedor que daba a Central Park, puso en marcha su broche-grabadora y empezó a pensar en voz alta.

—No es extraño que Bessie, que siempre andaba pendiente de su casa, la haya dejado a gente que, en su opinión, la cuidará como a ella le habría gustado. Por otro lado, no puede decirse que haya echado a su hermana, pues se ha asegurado de que pueda ocupar el apartamento del ático, que es, en cualquier caso, donde Kate tenía pensado vivir tras donar la casa a Home Base.

Inconscientemente, adelantó la mandíbula y prosiguió.

—A Bessie no le volvían loca los niños. De hecho, recuerdo que en una ocasión alguien le preguntó si lamentaba no haber tenido hijos y ella contestó: «La gente con hijos y la gente sin hijos se compadecen mutuamente.»

Se detuvo un instante y pensó en lo mucho que a ella y a Willy les habría gustado tener hijos. A estas alturas sus nietos tendrían la edad de los niños que acudían a Home Base. Sacudió la cabeza. En fin, qué se le va a hacer, se dijo. Está claro que no tenía que ocurrir.

—Así pues —continuó—, supongamos que Bessie verdaderamente detestaba la idea de tener a un montón de niños correteando por la casa, dejando marcas en las paredes y rayando el suelo, y de que los muebles que había pulido durante cincuenta años, desde que entró a trabajar para el juez y su esposa, fueran sustituidos por parafernalia infantil.

Para comprobar que la grabadora funcionaba debidamente, pulsó los botones STOP, REWIND y PLAY y escuchó la cinta por breves instantes. Funciona, se dijo aliviada, y se diría que estoy que muerdo. ¡Y así es!

Tras aclararse la garganta, reanudó su indignada diatriba:

—Por tanto, el único indicio real de que el nuevo testamento podría ser falso es que a Bessie jamás se le oyó pronunciar la palabra «pulquérrimo».

Cogió el bolígrafo y abrió el cuaderno por la primera página en blanco, la que seguía a «El caso de la muerte de Trinky Callaham». Escribió: «El caso del testamento de Bessie.» Luego anotó la primera observación de su investigación: «Uso del adjetivo "pulquérrimo".»

Empezó a escribir con mano rauda. ¿Quiénes eran los testigos que habían presenciado la firma del testamento el 30 de noviembre? ¿Conocía Kate a los testigos? En caso de encontrarse en casa, ¿qué pensó que estaba ocurriendo cuando le pidieron ver a Bessie?

Por fin mi vieja sesera empieza a trabajar, pensó Alvirah. No hacía mucho había releído las novelas de Agatha Christie protagonizadas por Hércules Poirot y ahora intentaba seguir su método deductivo cuando trabajaba en la investigación de algún caso.

Una vez anotado el último punto de su plan de acción, consultó la hora. Siete y media, hora de cerrar el cuaderno y apagar la grabadora, se dijo. Willy no tardará en despertarse y quiero tenerle el desayuno preparado. Luego, en algún momento del día, me sentaré a solas con Kate para hacerle estas preguntas.

De repente tuvo una idea y puso en marcha la grabadora. Cuando, después de ganar la lotería, escribió su primer artículo para el *New York Globe* sobre su estancia en el balneario de Cypress Point, ella y Charley Evans, su editor, hicieron buenas migas. Él podría conseguirle informes confidenciales sobre Vic y Linda Baker. Mi sesera realmente está despertando, exclamó. Es hora de pedir a los investigadores del *Globe* que ahonden en la basura de los Baker. Tan cierto como que Dios existe que no es la primera vez que ese par de farsantes embaucan a alguien.

A la misa de las siete de la mañana de la iglesia de San Clemente no solían acudir más de treinta personas, la mayoría ancianos jubilados. Pero ahora, en pleno Adviento, el número de feligreses se duplicaba. Durante la breve homilía monseñor Ferris describió el Adviento como el tiempo de espera:

—Nos hallamos en la época en que aguardamos el nacimiento del Salvador —dijo—. Esperamos el momento en que María verá por primera vez a su hijo, en Belén.

Un débil sollozo hizo que el religioso desviara la mirada hacia el banco próximo al retrato del obispo Santori. La bonita joven que había visto con anterioridad delante de la rectoría estaba sentada en él. Tenía expresión desolada y le temblaban los hombros. He de conseguir que se acerque, pensó el clérigo, pero en ese momento la joven sacó unas gafas oscuras del bolso y echó a andar hacia la salida.

A las nueve y media Kate Durkin procedió a hacer un repaso de las cosas que había en la habitación de su hermana. Sería un crimen dejar que la ropa de Bessie se pudra en el armario cuando hay tanta gente que necesita algo que ponerse, se dijo.

La cama con dosel que Bessie compartió con el juez Aloysius Maher durante ocho años y desde la cual se había reunido con el Creador pareció adoptar una actitud de reproche cuando Kate empezó a sacar los vestidos y las chaquetas del armario. Algunas prendas tenían hasta veinte años de antigüedad. Bessie solía decirme que no tenía sentido regalarlas porque algún día yo podría utilizarlas, pensó Kate. Lo que nunca comprendió es que me habrían hecho falta algunos centímetros más para poder ponérmelas. Es un milagro que no se las haya dejado también a Linda Baker, se dijo con amargura.

Los ojos de Kate se llenaron de lágrimas al recordar las sorprendentes revelaciones del día anterior. Enjugándose una lágrima con gesto impaciente, dirigió la mirada hacia el escritorio de Bessie y vio la máquina de escribir. Entonces tuvo la sensación de que debía recordar algo, pero ¿qué?

No tuvo tiempo de reflexionar sobre eso, pues en ese momento oyó un ruido y se volvió rápidamente. Vic y Linda estaban en la puerta.

—Oh, Kate —exclamó dulcemente Linda—, te agradezco que recojas las cosas de Bessie para dejarnos libre la habitación.

En ese momento sonó el timbre.

—Yo abriré —dijo Vic.

Todavía no has tomado posesión de la casa, pensó Kate, y corrió tras él.

Segundos después divisó en el portal la figura tranquilizadora de Alvirah. Entonces la oyó preguntar:

—¿Está Kate Durkin, la señora de esta pulquérrima casa?

10

Lenny regresó a casa al filo de la medianoche, entró de puntillas en su cuarto —el cual Lilly había despejado esa tarde— y se acostó.

A las nueve del día siguiente, cuando despertó, se sorprendió de oír voces en la otra habitación. Entonces recordó que era sábado y Estrella no tenía colegio.

También significaba que tía Lilly, si no había ido a misa, seguía en la cama. No había vuelto a ser la misma desde la caída del último verano. Ella quiso convencerle de que estaba bien, pero Lenny la oyó comentar a una vecina que el médico pensaba que había sufrido una leve apoplejía. Fuera lo que fuera, había notado un gran cambio en la anciana desde la última vez que la vio, en septiembre.

Lenny le había contado que había estado en Florida trabajando en una empresa de reparto. Ella había contestado que le alegraba saber que tenía un trabajo fijo, y que no tenía que preocuparse de Stellina. Lo sé, pensó Lenny. Tía Lilly sería feliz si yo desapareciera para siempre de sus vidas.

En fin, parte de lo que le había contado era verdad, pensó mientras encendía un cigarrillo. Hacía repartos. Repartía paquetitos que hacían feliz a la gente. Pero la cosa se estaba poniendo peligrosa allá abajo, así que había decidido regresar a Nueva York para hacer algunos trabajillos de poca monta y conocer mejor a Estrella. Sólo soy un padre soltero que se preocupa por su hija y vive en un edificio respetable con su vieja tía, pensó. Y eso está bien, porque de ese modo cuando Lilly cierre los ojos para siempre Estrella y yo llegaremos por fin a conocernos de verdad. Quién sabe, quizá hasta pueda hacer que trabaje para mí.

Reflexionó sobre la situación mientras apuraba el cigarrillo hasta el filtro. Luego lo aplastó en un platillo que contenía hilos y alfileres y decidió encender otro a fin de calmar los nervios antes de enfrentarse a su tía.

Cuando Estrella era todavía un bebé y él le daba paseos en el cochecito, Lilly ya sospechaba de él. Lenny sonrió al recordar todos los repartos que había realizado mientras la gente sonreía y arrullaba a su preciosa hijita. Pero cuando llegaba a casa, Lilly siempre le acribillaba a preguntas: «¿Por dónde habéis paseado? ¿Adónde la has llevado? La mantilla huele a tabaco. Te mataré si la metes en un bar.» No paraba de atosigarle.

Sabía, no obstante, que debía ir con cuidado y no hacer que Lilly se inquietara demasiado por la pequeña. Lo único que le faltaba era que a su tía se le metiera alguna idea absurda en la cabeza, como intentar dar con la madre de Estrella, la supuesta novia que se marchó a California.

A través de sus contactos se las había arreglado para conseguir una partida de nacimiento falsa para Estrella. La nota prendida a la mantilla decía que era de ascendencia irlandesa e italiana, lo cual encajaba a la perfección, pues él era italiano. A la madre la inscribió con el nombre irlandés de Rose O'Grady pensando en la canción sobre ese personaje que tanto le habla gustado de joven. Un muchacho irlandés de su clase solía cantarla.

Lilly se volverla loca intentando buscar a una Rose O'Grady en California, pensó Lenny. Era un nombre muy común y un estado muy extenso, pero cualquier tipo de indagación constituía un problema potencial y no iba a permitir que eso ocurriera. Tendría que empezar a representar mejor el papel de padre si quería calmar a su tía.

Después de bostezar, desperezarse y mesarse el cabello, se puso unos tejanos, unas zapatillas deportivas, una camiseta y fue hasta el dormitorio de su tía.

La puerta estaba abierta y Lilly se hallaba recostada en la cama. La habitación estaba muy ordenada pero resultaba agobiante con el estrecho camastro de Estrella embutido entre la pared y el lecho de Nonna.

Estrella estaba de espaldas a él, recitando para Lilly su papel en la función de Navidad. La anciana no reparó en su sobrino, de modo que permaneció tranquila mientras Estrella, sentada en la cama con las piernas cruzadas, la espalda recta y sus rubios rizos escapando del pasador, decía:

—Oh, José, qué importa que no nos quieran en la posada. El establo nos dará cobijo y el niño no tardará en nacer.

—Bella, bella, Madonna —dijo Lilly—. La Madre Santísima se alegrará muchísimo de que la representes. —Suspiró y tomó las manos de Stellina—. Hoy empezaré a coserte una túnica blanca y un velo azul para la función, *cara* Stellina.

Lilly tiene aspecto de necesitar un hospital, pensó Lenny, ligeramente alarmado. La anciana tenía la piel cetrina y la frente perlada de sudor. Lenny estaba a punto de preguntarle cómo se encontraba cuando dirigió la mirada hacia la cómoda y frunció el entrecejo. En ella descansaban toda clase de reliquias y estatuas religiosas de la Sagrada Familia y san Francisco de Asís. Estaba acostumbrado a verlas —su tía siempre había sido muy religiosa—, pero todavía lamentaba que unos años atrás encontrara la copa de plata, a la cual Lenny le había arrancado el diamante.

En aquella época se habló mucho del asunto en los periódicos, pues al parecer la copa robada era un cáliz que había pertenecido a un famoso obispo. Lenny sabía que no habría sido una buena idea intentar empeñarla entonces. Suponía un riesgo excesivo para los pocos pavos que iban a darle por ella. Así pues, la había guardado en el fondo del armario con intención de deshacerse de ella más adelante, quizá en otra ciudad. Poco después a Lilly le dio por realizar una de sus limpiezas arrasadoras, la encontró y dijo que parecía un cáliz, así que Lenny tuvo que inventarse el estúpido cuento de que había pertenecido a Rose, la madre de Estrella. Dijo que su tío, que era cura, se la dejó al morir. Así que Lilly, naturalmente, le sacó brillo y la colocó junto con sus otras reliquias.

En fin, por lo menos la puso contenta, pensó Lenny, y como aún no podía empeñarla al menos la tenía en lugar seguro. Ahora, no obstante, ya nadie la buscaba y se preguntó cuánto podría obtener por ella. Afortunadamente Lilly no había encontrado la nota que estaba prendida a la mantilla de Estrella. Lenny la conservaba por si algún día alguien le hacía preguntas sobre la procedencia de la pequeña y tenía que demostrar que no la había raptado.

Había insertado la nota en la hendedura formada entre la pared y el estante superior de su armario. Lilly jamás llegaría hasta ese lugar ni siquiera con el plumero.

Encogiéndose de hombros, regresó a la cocina y buscó en la nevera y los armarios ingredientes para preparar el desayuno. Esta cocina da pena, pensó. Es evidente que Lilly no ha ido de compras últimamente. Hizo una lista, agarró su chaqueta y regresó a la habitación de su tía.

Esta vez entró con un alegre «Buenos días. ¿Cómo están mis chicas?». Solícito, se interesó por el estado de Lilly, dijo a Estrella que no se olvidara de hacer los deberes y anunció que iba a comprar comida.

Tras leer en voz alta la lista que había confeccionado, Lilly le miró con suspicacia. Luego, no obstante, cedió y añadió un par de cosas.

En la calle el frío era intenso y Lenny lamentó no haber cogido su gorra. Primero iré a la cafetería y tomaré un desayuno como Dios manda, se dijo. Luego telefonearé a mis contactos de la ciudad para comunicarles que estoy nuevamente disponible para hacer repartos. Seguro que se alegrarán de oírme.

Y una vez tía Lilly desaparezca del mapa, podré hacer que la pequeña Estrella me ayude en mis operaciones, pensó. Será una socia estupenda. ¿Quién podría sospechar?

Sí, sí, trabajando codo con codo, Estrella y papá tendrán un gran negocio de distribución.

11

Sondra sintió la mirada del monseñor en su espalda mientras salía de la iglesia. Luchando por ahogar el llanto, corrió hasta el hotel. Una vez en su habitación se duchó, pidió una taza de café y colocó una toalla mojada sobre sus ojos hinchados.

Tengo que dejar de llorar, se dijo. ¡Tengo que dejar de llorar! Era un concierto muy importante y tenía que estar preparada.

A las nueve en punto debía llegar al estudio que había alquilado en el Carnegie Hall para ensayar durante cinco horas. Tenía que tranquilizarse. Sabía que el día anterior había estado en baja forma, distraída, y que había tocado muy por debajo de su nivel.

Pero ¿cómo puedo pensar en otra cosa que no sea mi hija?, se preguntaba una y otra vez. ¿Qué ha sido de mi pequeña? Durante estos siete años la había imaginado viviendo con una pareja maravillosa, probablemente sin hijos propios, que la adoraban y se desvivían por ella. Pero ahora no sabía quién la había recogido, ni siquiera si alguien lo había hecho.

Se miró en el espejo. ¡Menuda pinta!, pensó. Tenía la cara salpicada de ronchas y los ojos hinchados. No podía hacer más por sus ojos, se dijo mientras sus dedos largos y delicados aplicaban el maquillaje para ocultar el rastro dejado por las lágrimas.

Esta tarde pasaré de nuevo por la rectoría, se dijo. Por lo menos la idea le resultó tranquilizadora. Era el lugar donde había visto por última vez a su niña y se sentía cerca de ella cuando estaba allí. Y cada vez que oraba frente al retrato del obispo Santori la invadía parte de esa paz que su abuelo decía sentir cuando hacía eso mismo. Mas no rezaba para recuperar a su hija. No tengo derecho a pedir eso, pensó. Solamente concédeme alguna forma de averiguar que está con gente que la cuida y la quiere. Es cuanto te pido.

Extrajo del bolsillo del chándal la publicación parroquial de San Clemente y vio que a las cinco había misa. Asistiría, pero llegaría un poco tarde para que el monseñor no pudiera acercarse a ella. Y se marcharía antes de que terminara.

Mientras se recogía la rubia melena en lo alto de la cabeza se preguntó si su pequeña se le parecía.

12

Frente a una taza de té y una generosa porción del inigualable bizcocho de Kate Durkin, Alvirah procedió a concebir un plan de acción destinado a salvar la casa de las garras de los Baker.

—Es increíble que tenga que hablar en voz baja en mi propia casa —dijo Kate—. Esos dos son más silenciosos que un caracol. Antes de que llegaras los descubrí detrás de mí, observándome, y casi me muero del sobresalto. Por eso he cerrado la puerta. —Miró la copia del testamento de su hermana y suspiró—. Supongo que no puedo hacer nada al respecto. Parecen tenerlo todo a su favor.

—Eso ya lo veremos —repuso Alvirah al tiempo que encendía la grabadora de su broche—. Tengo muchas preguntas que hacerte, así que será mejor que empecemos. El monseñor vino a veros el viernes 27 de noviembre. Dice que no le cabía la menor duda de que Bessie iba a dejarte la casa, aunque también sabía que a tu hermana no le hacía ninguna gracia que se llenara de niños.

Kate asintió. Su dulce mirada azul —ampliada por unas gafas grandes y redondas— parecía distante.

—Ya conoces a Bessie. Quería las cosas a su manera, y me dijo que la casa no volvería a ser la misma con todos esos niños corriendo de un lado a otro. Pero recuerdo que luego se echó a reír y comentó: «En fin, por lo menos no estaré aquí para limpiarles la porquería. Eso te tocará a ti, Kate.»

—Eso ocurrió el viernes 27. ¿Cómo pasó Bessie el fin de semana?

—Fatigada. El corazón empezaba a fallarle y ella lo sabía. Me pidió que le planchara el vestido estampado azul. Luego me dijo que cuando le llegara la hora le pusiera el collar de perlas. Dijo que no tenía valor pero que era la única joya que el juez le había regalado aparte del anillo de boda, y que no merecía la pena dejarle a nadie ni una cosa ni otra. Luego añadió: «¿Sabes una cosa, Kate? Aloysius era un buen hombre. Si me hubiese casado con él de joven, probablemente habría formado una familia y no habría tenido la oportunidad de cogerle tanta manía a los arañazos y las marcas de los dedos en las paredes.»

—¿Eso ocurrió el sábado? —preguntó Alvirah.

—No, el domingo.

—Y se supone que el lunes firmó el nuevo testamento. ¿No la oíste en ningún momento utilizar la máquina de escribir? ¿Qué pensaste cuando los testigos llegaron para la firma?

—No los vi —le respondió Kate meneando la cabeza—. Ya sabes que los lunes y los viernes por la tarde hago dos horas de trabajo voluntario en el hospital. Esa tarde quise quedarme con Bessie pero ella no me lo permitió. Cuando me fui parecía encontrarse bien. Estaba sentada en su butaca del salón viendo la tele. Dijo que se alegraba de descansar de mí durante unas horas, que se encontraba bien y que estaba harta de verme tan preocupada por ella.

—¿Dónde la encontraste cuando regresaste a casa?

—Seguía en la butaca, viendo la tele.

—Muy bien. Lo siguiente que haré será hablar con los dos testigos. —Alvirah estudió la última página del testamento—. ¿Tienes idea de quiénes son?

—Jamás he oído hablar de ellos —respondió Kate.

—Les haré una visita. La dirección aparece debajo de las firmas. James y Eileen Gordon, calle 79 Oeste.

En ese momento Vic Baker abrió la puerta del comedor.

—¿Disfrutando de una agradable taza de té? —preguntó con forzada alegría.

—Eso parecía —dijo Alvirah.

—Sólo quería decirles que vamos a salir un rato, pero que cuando volvamos nos encantara ayudarles a bajar la ropa de Bessie.

—Nosotras nos encargaremos de las pertenencias de Bessie —repuso Alvirah—. No tienen que preocuparse de nada.

Baker se puso serio.

—He oído sin querer lo que acaba de decir sobre los testigos, señora Meehan —dijo—. Si lo desea, puedo darle su número de teléfono. Descubrirá que son gente muy formal. —Hurgó en su bolsillo—. Ahora que lo pienso, aquí tengo su tarjeta.

Baker tendió la tarjeta a Alvirah y se marchó cerrando la puerta tras de sí con un golpe seco. Pero la puerta se abrió de nuevo.

—Ya no cierra —explicó Kate—. Vic Baker es uno de esos manitas que no para de hablar. Logró impresionar a Bessie, y lo cierto es que es muy bueno con la brocha, pero para lo demás es un desastre. —Señaló la puerta—. ¿Te diste cuenta de que abrió la puerta sin girar el picaporte? Antes se atascaba, así que decidió limarla. Ahora ni siquiera ofrece resistencia. Lo mismo ocurre con la del salón. La ha convertido en una puerta giratoria.

Alvirah la escuchaba a medias. Estaba contemplando la tarjeta que Vic Baker le había dado.

—Es una tarjeta comercial —dijo—. ¿Qué te parece? Los Gordon tienen una agencia inmobiliaria.

—Será un desastre arreglando puertas, pero no hay duda de que sabe cómo hacer un testamento —comentó Alvirah a Willy esa tarde, cuando su marido llegó a casa y la encontró sentada en la sala con el ánimo alicaído—. Jim y Eileen Gordon parecen gente honrada.

—¿Cómo se convirtieron en testigos?

—Según ellos, por pura casualidad. Al parecer Vic Baker ha estado mirando casas y apartamentos desde que se mudó a Nueva York hace un año. Los Gordon dicen que ya le han enseñado varias viviendas. El 30 de noviembre tenía una cita con ellos a las tres de la tarde para ver una casa en la Ochenta y una y mientras estaban allí Linda le telefoneó al móvil. Dijo que Bessie no se encontraba bien y quería algún testigo para la firma de su nuevo testamento. Vic preguntó a los Gordon si podían hacer de testigos y éstos aceptaron. También me contaron, y eso es lo más desconcertante, que Vic y Linda casi se desmayaron cuando Bessie les leyó el testamento antes de firmarlo.

—Si los Gordon estaban enseñando casas a los Baker, seguro que comprobaron primero su situación económica —observó Willy.

—Así es, y lo creas o no, los Baker andan bien de dinero. —Alvirah se esforzó por sonreír—. ¿Cordelia te ha mantenido ocupado?

—No me ha dejado ni respirar. Se rompió una tubería en la tienda y para arreglarla tuve que cerrar el agua de todo el edificio. Por suerte es sábado y no había críos.

—Bueno, dentro de poco ya no será un problema —dijo Alvirah con un suspiro—. Y a menos que a mi sesera se le ocurra algo, esos críos no tendrán a donde ir.

Apagó la grabadora, rebobinó la última parte de la cinta y pulsó PLAY. La suave voz de Eileen Gordon sonaba muy clara.

«Lo último que dijo la señora Maher fue que podía morir en paz ahora que sabía que su casa permanecería pulquérrima.»

—Juraría que la maldita palabra «pulquérrima» es la clave —dijo Alvirah mientras el desánimo se borraba de su cara—. ¿Qué expresión utiliza siempre el monseñor cuando sospecha de algo?

—«Algo huele a podrido en Dinamarca» —respondió Willy—. ¿Te referías a eso?

—Sí, pero en este caso donde huele a podrido es en el Upper West Side. Y pienso seguir dejándome caer por la agencia de los Gordon hasta que descubra qué es. Creo que son buena gente, pero el hecho de que hicieran de testigos resulta sospechoso. A lo mejor son unos actorazos y simplemente estoy mordiendo el anzuelo.

—Hablando de morder —dijo Willy—, ¿por qué no cenamos ya? Estoy hambriento.

Estaban a punto de salir cuando monseñor Ferris telefoneó.

—He visto a Kate en misa y me ha contado que hiciste una visita a los testigos. ¿Qué tal fue?

Alvirah le hizo un rápido resumen y le aseguró que no tenía intención de rendirse. Antes de despedirse, añadió:

—¿Ha vuelto a aparecer la joven que vimos ayer frente a la iglesia?

—Hoy ha venido dos veces. Esta mañana estuvo en misa y se marchó durante el sermón. Parecía muy acongojada. Luego la vi a las cinco, pero tampoco pude hablar con ella. Dijiste que te sonaba su cara. ¿Tienes idea de quién es o dónde la has visto antes? Me gustaría ayudarla.

—He estado dándole vueltas, pero no caigo —se lamentó Alvirah—. No obstante, déme un poco más de tiempo. Estoy segura de que he visto su foto en algún lugar, sólo que no recuerdo dónde.

Dos horas más tarde, cuando ella y Willy pasaban por delante del Carnegie Hall de regreso a casa, Alvirah se detuvo en medio de una frase.

—Willy, mira, es la chica.

Un cartel protegido por un cristal anunciaba el concierto de Navidad. En él aparecían las fotografías de los artistas invitados: Plácido Domingo, Kathleen Battle, Yo-Yo Ma, Emanuel Ax y Sondra Lewis.

Alvirah y Willy se acercaron para leer el texto que aparecía debajo de la fotografía de la joven. También aquí tenía expresión seria y mirada triste.

—¿Cómo es posible que una muchacha que está a punto de debutar en el Carnegie Hall parezca tan desdichada? —preguntó desconcertado Willy.

—Está claro que es por algo relacionado con la iglesia de San Clemente —respondió Alvirah—. Y tengo intención de averiguar qué es.

13

Siendo muy pequeña Stellina le había preguntado a Nonna por qué ella no tenía una mamá como los demás niños. Nonna le dijo que su madre la había dejado con su padre porque después de dar a luz enfermó y tuvo que ir a California para recuperarse. Le contó que a su madre le había dado mucha pena tener que dejarla y que había prometido que si algún día mejoraba vendría a verla. Pero Nonna también le dijo que eso quizá nunca ocurriera y que, personalmente, creía que Dios se la había llevado al cielo.

Más adelante, justo el día que Stellina empezaba el jardín de infancia, Nonna le enseñó el cáliz de plata que había encontrado en el armario de su padre y le explicó que el tío de su madre, un cura, se lo había regalado a su sobrina y que ésta se lo había dejado a Stellina. Nonna le dijo que la copa había sido utilizada para celebrar misas y estaba bendita. La copa se convirtió en un talismán para Stellina y a veces, cuando antes de dormirse pensaba en su madre y añoraba poder verla algún día, le preguntaba a Nonna si podía abrazarla.

Entonces Nonna se burlaba de ella.

—Los niños dejan el osito de pequeños, Stellina. Y

tú, ahora que eres una niña grande y vas a la escuela, quieres uno.

Pero siempre sonreía y permitía que Stellina cogiera la copa. A veces en inglés, otras veces en italiano y a menudo en una mezcla de ambos idiomas, tranquilizaba a su maravillosa niña, el único regalo que su inútil sobrino le había hecho, diciendo:

—Ah, *bambina*, siempre cuidaré de ti.

Stellina nunca le contó que cuando abrazaba la copa podía sentir las manos de su madre sobre ella.

El domingo por la tarde, mientras observaba cómo Nonna cosía el velo azul para la función, tuvo una idea. Le pediría permiso para utilizar la copa en la función, donde representaría que se la entregaba al Niño Jesús.

—Oh, no, Stellina, podría perderse. Además, la Virgen María no tenía plata que dar a su hijo. No estaría bien.

Stellina no protestó, pero sabía que tenía que encontrar la forma de convencer a Nonna para que la dejara utilizar la copa en el establo. Sabía exactamente lo que diría cuando la tuviera allí: «Si mi madre todavía está enferma, te ruego que la cures y le pidas que venga a verme, aunque sólo sea una vez.»

En la comisaría 24 de Manhattan, el detective Joe Tracy se mostró muy interesado en el hecho de que Lenny Centino hubiese regresado. Se acordaba de él por una investigación en la que había participado unos años atrás. No había conseguido relacionarlo directamente con el delito en cuestión, que tenía que ver con la venta de drogas a menores, pero estaba seguro de que Lenny era uno de los implicados.

El compañero de Tracy le recordó que el historial de Lenny sólo mostraba robos de poca monta, pero Tracy estaba convencido de que eso se debía a que nunca le habían pillado con las manos en la masa.

—Hace veinticinco años estuvo encerrado una temporadita en un centro para menores —dijo Tracy—, pero en mi opinión lo único que aprendió allí fueron nuevos trucos de su oficio. Ha sido arrestado varias veces pero nunca condenado. No hemos conseguido pillarle ni una vez con las manos en la masa, pero siempre estoy convencido de que repartía drogas entre los chicos de los institutos. Todavía lo recuerdo empujando el cochecito de su bebé por todo el West Side. Más tarde me contaron que el bebé sólo era una tapadera y que Centino escondía la mercancía en el cochecito.

Tracy arrojó sobre la mesa el delgado expediente de Lenny Centino.

—Pero ahora que ha vuelto, voy a vigilarlo muy de cerca. Si le veo con esa pequeña puede que hasta le detenga. Tarde o temprano cometerá un error, y cuando lo haga pienso estar ahí.

14

El lunes por la mañana, mientras ella y Willy desayunaban, Alvirah respondió al teléfono y se mostró encantada cuando la agradable voz de Charley Evans, su editor, le comunicó que Vic y Linda Baker, aunque jamás habían sido condenados, eran un par de estafadores profesionales.

—Espera un momento —le interrumpió Alvirah—, quiero grabarlo todo para no olvidar una sola palabra. —Fue hasta el dormitorio en busca de su broche, puso en marcha la grabadora y regresó al teléfono—. Muy bien, Charlie, desembucha —dijo.

—Los Baker se dedican a desplumar a personas mayores —explicó Charley—. El caso más reciente ocurrió en Charlestown el año pasado, donde se hicieron amigos de un anciano que tenía dos millones de pavos. Al parecer el viejo estaba furioso con su hija porque no le gustaba el tipo con el que se había casado, pero nunca mencionó que tuviera intención de desheredarla. Según algunos testigos, esos maleantes empezaron a decirle cosas sobre la hija, por ejemplo que estaba deseando hincarle el diente al dinero. Adivina qué pasó.

—Los Baker hicieron un nuevo testamento —sugirió Alvirah.

—Bingo. El viejo dejó a su hija algunos dólares y las joyas de la madre. El resto fue a parar a los Baker, que fueron lo bastante inteligentes para no quedárselo todo, pues en ese caso habría resultado fácil impugnar el testamento.

—¿Qué me dices de los testigos? —preguntó Alvirah.

—Todos ciudadanos respetables.

—Me lo temía —suspiró.

—Encontré dos o tres situaciones similares acaecidas en los últimos diez años. Todos los testamentos fueron impugnados, pero los Baker ganaron cada caso.

—Esta vez será diferente —le aseguró Alvirah.

—Eso espero por el bien de tu amiga, pero permíteme un consejo. Dile que vaya al tribunal de testamentarías de la calle Chambers y declare su intención de impugnar el testamento por influencia indebida. Si no lo hace, la verificación del testamento podría tardar bastante, según el juez. Pero si presenta la reclamación, la transferencia de bienes se retrasará. ¿Quién es el albacea?

—Vic Baker.

—Han pensado en todo —comentó Charley—. Bien, Alvirah, no dudes en llamarme si me necesitas. Y recuerda: quiero un artículo sobre el caso.

—Por supuesto. Ya he pensado en el título. Apunta: «Canallas al descubierto.»

Charley se echó a reír.

—Ánimo, Alvirah. Apuesto por ti.

Frente a una tercera taza de té, Alvirah le contó a Willy la conversación mantenida con su editor.

—Cariño, la mandíbula te sobresale dos metros —le reprendió Willy—. Sé que piensas hacer todo lo posible por resolver este caso, pero prométeme que no te meterás en líos. Ya soy demasiado viejo para estar todo el día temiendo que te arrojen por un balcón o te ahoguen en una bañera.

—Los Baker no son esa clase de gente —repuso Alvirah, restando importancia al asunto—. No son violentos, sólo taimados. ¿Qué te ha preparado Cordelia para hoy?

—Home Base —contestó Willy al tiempo que sacudía la cabeza—. Sabes, cariño, no me queda más remedio que darle la razón a esos inspectores. Ese lugar se está cayendo a pedazos. Puedo hacer algunos remiendos, pero ahí se necesita maquinaria pesada. También he de practicar una hora al piano. Ayer Cordelia me oyó aporrear *Toda la noche* cuando fui a Home Base a reparar el escape y ha decidido que sea la canción final de la función. Y quiere que la toque yo. Se le ha metido en la cabeza que mi participación en la obra mostrará a los críos que cualquier edad es buena para aprender algo nuevo.

—¡Eso es fantástico! —exclamó Alvirah con el rostro iluminado.

—A mí me parece una idea espantosa —protestó Willy—, pero por suerte los niños carecen de espíritu crítico y los padres estarán tan pendientes de sus hijos que no repararán en mí... Y tú, ¿qué piensas hacer hoy?

—Pasaré por casa de Kate. Cuando muere un ser querido los amigos vienen a verte los dos primeros días, pero es después del entierro cuando la persona que permanece en esta vida se da cuenta de que nunca volverá a ver esa cara ni oír esa voz. Es entonces cuando los amigos son realmente necesarios, y más aún en el caso de Kate, porque además de añorar a Bessie tiene que aguantar a esos farsantes. Después haré una visita al monseñor para decirle que ya sé quién es la joven que ronda por su iglesia.

Con su eficacia habitual, Alvirah recogió la cocina, hizo la cama, se dio una ducha y se puso un traje pantalón sencillo pero elegante que su amiga la baronesa Min von Schreiber le había ayudado a elegir. Como Min solía decir, cuando Alvirah salía de compras sola se dejaba atraer por estilos y colores del todo inadecuados, opinión que Alvirah aceptaba contritamente.

Se disponía a marcharse cuando se detuvo para escuchar a Willy ensayar al piano *Toda la noche*. Con orgullo, advirtió lo mucho que había mejorado. Sus labios pronunciaron en silencio los versos. La estrofa «velo por ti, mi amor» le sonaba casi como una oración. Y yo velo por ti, Kate, pensó.

Cuando llegó a la casa se sorprendió de encontrar a una Kate que, aunque tranquila, le comunicaba con determinación que después de haberlo pensado mucho había decidido buscar otro lugar donde vivir, aunque sólo fuera una habitación amueblada. Dijo que si Bessie quería que los Baker se quedaran con la casa, pues adelante. Los deseos de Bessie eran claros. Había dejado a Kate el uso del apartamento y una renta.

—Pero no puedo vivir en la misma casa que esa gente, Alvirah —dijo Kate—. Cada vez que imagino a Bessie, enferma como estaba, sentada frente a su escritorio mecanografiando ese testamento y asegurándose de que los testigos llegaran mientras yo estaba fuera, se me desgarra el corazón.

—Kate, acabas de recordarme algo en lo que no había pensado. El testamento se firmó el lunes 30 de noviembre, ¿verdad? No obstante, estaba fechado el 28 de noviembre.

—Exacto. Justo un día después de que Bessie le contara al monseñor que no le hacía gracia que la casa se convirtiera en un centro infantil. Eso significa que ese fin de semana, al mismo tiempo que bromeaba conmigo diciendo que me tocaría limpiar la porquería de los niños, se sentaba delante de la máquina de escribir cada vez que yo salía.

—¿Cuántas veces saliste durante ese fin de semana? —preguntó Alvirah.

—Sólo dos, a la misa matutina del sábado y el domingo. Pero Bessie era una mecanógrafa muy rápida. Ya sabes lo orgullosa que estaba de eso. Hubiera podido teclear ese testamento en veinte minutos.

—¡Oh, Kate! —exclamó Alvirah.

Le dolía ver a su vieja amiga en ese estado. Parecía haber perdido las ganas de luchar. Tenía los hombros hundidos y de su cuerpo menudo ya no rezumaba energía. Alvirah sabía que era inútil discutir con ella. Kate estaba decidida. Sólo podía pedirle un poco de tiempo.

—Kate —dijo—, hazme sólo un favor. He estado haciendo algunas indagaciones sobre los Baker y he descubierto que son unos estafadores. Pero nunca han sido arrestados... ¡todavía! Dame hasta Navidad para demostrar que Bessie no escribió ese testamento. Aunque la firma sea suya, estoy segura de que ignoraba lo que estaba firmando.

Kate abrió los ojos de par en par.

—Pero demostrar eso es imposible.

—No, no lo es —repuso Alvirah con una confianza que no sentía—. Y ya sé por dónde empezar. Después de hablar con el monseñor iré a la agencia inmobiliaria de los Gordon para decirles que estoy buscando un apartamento. Esos dos van a verme mucho durante las próximas dos semanas. Una de dos, o son cómplices de los Baker o éstos les han engañado, y pienso averiguar cuál de esas opciones es la verdadera.

15

Lenny Centino había conseguido mantenerse fuera de la cárcel por no ser excesivamente avaricioso. Los repartos de droga que realizaba eran de escasa importancia y poco frecuentes, de modo que, salvo por el hecho de haber atraído la atención del detective Joe Tracy, nunca figuraba en la lista de prioridades de la policía. En realidad él no vendía la droga, sólo la repartía, lo cual, en caso de arresto, constituiría una condena menor. La droga se pagaba siempre por adelantado, de modo que tampoco manejaba dinero. Se había ganado, tanto entre los traficantes como entre los consumidores, la fama de formal, de alguien que nunca metía los dedos en la mercancía, así que sus servicios eran muy solicitados.

Con todo, prefería limitar su implicación en el comercio siempre peligroso de las drogas, así que de tanto en tanto trabajaba en una próspera tienda de licores. Hacía repartos por las casas, tarea que le permitía estudiar las viviendas de los clientes. Lenny era un ladrón habilidoso. Siempre daba el golpe cuando sabía que los inquilinos habían salido y sólo se interesaba por el dinero y las joyas.

Su satisfactoria carrera como ladrón de cepillos había terminado con el robo en la iglesia de San Clemente. La alarma silenciosa y el rapto involuntario de Estrella le habían hecho darse cuenta de que estaba tentando demasiado a la suerte. Ahora hasta las iglesias más pequeñas tenían alarmas silenciosas.

Así pues, fue con una confianza plena en su capacidad para sobrevivir que hizo saber a sus contactos que estaba de regreso en la ciudad y con ganas de trabajar. El lunes por la tarde había fanfarroneado frente a unas cervezas sobre lo que había estado haciendo desde septiembre, esto es, repartos para una empresa de ordenadores falsa. Lo que Lenny no sabía era que en el grupo con el que había estado fanfarroneando se había infiltrado un policía camuflado, y que cuando éste fue a archivar el informe en la comisaría, el detective Tracy lo recuperó y ahora tenía a Lenny sometido a una estrecha vigilancia que incluía la intervención del teléfono. Lo que la policía no sabía era que Lenny había previsto esa posibilidad y concebido un plan de huida. Tenía una reserva de dinero de su último trabajo, un carnet de identidad falso y un escondite en México. Y desde su regreso a Nueva York había añadido un nuevo elemento a su plan. Era evidente que tía Lilly se estaba muriendo. Lenny, por su parte, sentía verdadero afecto por Estrella, quien siempre había sido de gran valor en sus operaciones. También era su amuleto de la suerte, de modo que había decidido que si alguna vez tenía que huir del país, se la llevaría con él.

Y como solía decirse, «soy su papá y no estaría bien que la abandonara». Además, ¿quién iba a sospechar de un hombre que viajaba con una niña?

16

Sondra se había prometido que no volvería a acercarse a la iglesia de San Clemente. Si no fuera porque el abuelo está a punto de llegar para el concierto, iría a la policía ahora mismo, pensó. No puedo seguir viviendo así. Si alguien encontró a mi pequeña y después de leer la nota decidió quedársela y criarla en Nueva York, probablemente exista una partida de nacimiento falsa. Esa persona podría haber declarado que le habían enviado el bebé a casa. En el hotel donde me alojaba nadie se dio cuenta de que había dado a luz, pues en ningún momento tuve dolores de parto.

El dolor llegó después, pensó Sondra el domingo por la noche, mientras permanecía tumbada en la cama. Estaba amaneciendo cuando finalmente se durmió. Unas horas más tarde despertó con un dolor de cabeza cegador.

Se levantó y se puso el chándal para ir a correr. Una carrera me despejará, se dijo. He de conseguir concentrarme en el ensayo de hoy. He hecho demasiadas cosas mal. No quiero decepcionar al abuelo con una mala actuación.

Se había prometido que no saldría de Central Park, pero cuando llegó al extremo norte del parque sus pies giraron hacia el oeste. Poco después se hallaba delante de la iglesia de San Clemente, recordando una vez más el momento en que sostuvo a su bebé por última vez.

La temperatura había aumentado y la calle estaba más animada, así que no podía entretenerse mucho si no quería llamar la atención. La nieve que cubría el suelo el jueves había desaparecido y los sedimentos aparecían mezclados con el hollín.

Aquélla era una noche muy fría, recordó, y la nieve a los lados de la calle estaba helada. El cochecito de segunda mano tenía una mancha en un costado. Aunque fregué bien el interior, estaba tan viejo que odié tener que dejar allí a mi bebé. Alguien del hotel había tirado la bolsa de papel marrón con la que envolví a mi pequeña para protegerla mejor del frío. Recuerdo que tenía el logotipo de Sloan. Compré los biberones y la leche en la farmacia Duane Reade.

Sondra sintió un golpecito en el hombro. Sobresaltada, se volvió y vio el rostro preocupado de una mujer pelirroja y algo rolliza de unos sesenta años.

—Necesitas ayuda, Sondra —dijo Alvirah con dulzura—. Y yo voy a dártela.

Regresaron al sur de Central Park en taxi. Una vez en el apartamento, Alvirah preparó una tetera e introdujo pan en la tostadora.

—Apuesto a que todavía no has comido nada —dijo.

Al borde de las lágrimas, Sondra asintió con la cabeza, presa de una mezcla de irrealidad y tremendo alivio. Ahora que se encontraba en ese apartamento desconocido con esa mujer desconocida, se sentía serena.

Sabía que iba a contar a Alvirah Meehan lo del bebé, y sintió, ya sólo con su presencia, que Alvirah encontraría la forma de ayudarla.

Veinte minutos más tarde Alvirah habló con firmeza:

—Ahora escúchame bien, Sondra. Lo primero que debes hacer es dejar de flagelarte. Ocurrió hace siete años, cuando aún eras una chiquilla. No tenías madre y te sentías responsable de tu abuelo. Tuviste a la niña sola, pero lo planeaste todo a conciencia. Compraste ropa, leche y biberones y ahorraste hasta el último céntimo para que el bebé naciera en Nueva York porque sabías que algún día querrías vivir aquí. Abrigaste bien a tu pequeña y la dejaste en un cochecito frente al portal de la rectoría. Elegiste la misma iglesia que había salvado a tu abuelo cuando descubrió que la artritis le estaba robando su talento de violinista. Apenas cinco minutos después telefoneaste a la rectoría y pensaste que los curas habían encontrado al bebé.

—Así es —dijo Sondra—, pero suponga que unos niños empezaron a jugar con el cochecito. Suponga que el bebé murió congelado y que cuando finalmente alguien lo encontró, no quiso meterse en líos y... suponga...

—Supón que unas buenas personas encontraron el cochecito y la pequeña es ahora la alegría de sus vidas —le interrumpió Alvirah con una convicción que no sentía.

De haberse tratado de buenas personas, pensó, habrían avisado a la policía y luego habrían intentado adoptar al bebé. No lo habrían mantenido en secreto todos estos años.

—Es cuanto puedo pedir —dijo Sondra—. No merezco más que eso, porque no sé...

—Te mereces mucho más de lo que crees. Es hora de que empieces a valorarte —repuso Alvirah—. Ahora lo que tienes que hacer es practicar con tu violín y obsequiar a los melómanos neoyorquinos con un gran concierto.

Deja la investigación en mis manos. —Luego, con espontaneidad, añadió—: Sondra, ¿tienes idea de lo hermosa que eres cuando sonríes? Debes hacerlo más a menudo, ¿me oyes?

Poco a poco, frente a otra taza de té, Alvirah consiguió hacerla hablar.

—¿Se imagina lo que supuso para mi pobre abuelo, un hombre que vivía solo, un crítico de música y profesor de violín, verse de repente con una niña de diez años que criar? —dijo Sondra—. Tenía un piso de cuatro habitaciones en Chicago muy agradable, en un buen edificio que daba al lago Michigan, pero era pequeño y no podía permitirse uno más grande.

—¿Qué hizo cuando te fuiste a vivir con él? —preguntó Alvirah.

—Cambió por completo su vida. Convirtió su estudio en un dormitorio y me dio a mí la habitación grande. Cada vez que salía contrataba a alguien para que me cuidara y me diera de comer. A mi abuelo le encantaba salir a cenar con sus amigos y, por supuesto, asistía a muchos conciertos. Por mí renunció a muchas cosas que le gustaba hacer.

—Te estás culpando de nuevo —le interrumpió Alvirah—. Apuesto a que tu abuelo se sentía muy solo antes de tu llegada y se alegró mucho de que entraras en su vida.

La sonrisa de Sondra se amplió.

—Puede, pero a cambio de mi compañía tuvo que renunciar a hacer lo que le viniera en gana y a los pequeños lujos que hasta entonces se había permitido. —Su sonrisa se desvaneció—. Supongo que al final le compensé por ello. Soy una buena violinista.

—¡Bravo! Por fin empiezas a decir algo bueno de ti.

Sondra rió.

—Sabe una cosa, usted posee el don de la comunicación.

—Eso mismo dice mi editor. Bueno, a ver si lo he entendido bien. Sentiste la obligación de triunfar, obtuviste una beca y, con dieciocho años recién cumplidos, conociste a un hombre de talento y atractivo y te enamoraste de él. Probablemente él te dijo que estaba loco por ti y, reconozcámoslo, eras una muchacha vulnerable. No tenías padre ni madre, y tampoco hermanos. Sólo tenías un abuelo que, en aquella época, estaba empezando a enfermar. ¿Es así?

—Sí.

—El resto ya lo conocemos. Saltemos al presente. Es imposible que una muchacha tan bonita y dotada como tú viva en una burbuja. ¿Tienes novio?

—No.

—Respuesta demasiado rápida, Sondra, lo que significa que lo tienes. ¿Quién es?

Hubo un largo silencio.

—Se llama Gary Willis —reconoció la joven con renuencia—. Forma parte de la junta directiva de la Sinfonía de Chicago. Tiene treinta y cuatro años, ocho más que yo, y es muy guapo, muy agradable y quiere casarse conmigo.

—Hasta aquí, bien —opinó Alvirah—. Y tú, ¿le quieres?

—Podría quererle, pero no estoy preparada para el matrimonio. Ahora mismo emocionalmente soy un trapo. Temo que si me caso jamás podré mirar a mi nuevo bebé sin recordar que dejé a su hermanita abandonada en la calle en pleno invierno, metida en una bolsa de papel. Gary está siendo muy paciente y comprensivo conmigo. Ya lo conocerá. Vendrá con mi abuelo para el concierto.

—Ya me cae bien —dijo Alvirah—. Y no lo olvides, el noventa por ciento de las mujeres de hoy en día se las arregla para tener una familia o un marido y una profesión. Lo sé por experiencia.

Sondra contempló la elegante decoración del apartamento y la espectacular vista de Central Park.

—¿A qué se dedica usted?

—Actualmente mis profesiones son ganadora de lotería, solucionadora de problemas y articulista del *New York Globe*. Pero hasta hace tres años era una espectacular mujer de la limpieza.

Sondra se echó a reír, no sabiendo si creerla o no, pero Alvirah no entró en detalles. Ya habrá tiempo para la historia de mi vida, pensó.

Se levantaron.

—Debo ir a ensayar —dijo Sondra—. Hoy llega un instructor con fama de poner los pelos de punta a intérpretes como yo.

—En ese caso, ve y da lo mejor de ti. Yo, entretanto, concebiré una forma de localizar a tu bebé sin que nadie sepa quién lo está buscando. Te llamaré cada día, te lo prometo.

—Mi abuelo y Gary llegarán una semana antes del concierto. Sé que mi abuelo querrá ir a la iglesia de San Clemente, y se pondrá muy triste cuando sepa que el cáliz del obispo Santori ha desaparecido. Es posible que nos tropecemos con monseñor Ferris. ¿Le importaría pedirle que no le diga al abuelo que me ha visto rondando por la iglesia?

—Cuenta con ello —respondió Alvirah.

Al cruzar la sala de estar, Sondra se detuvo frente al piano. Sobre él descansaba el *Libro para principiantes maduros*, abierto por la partitura de *Toda la noche*.

Tocó la melodía con una mano.

—Me había olvidado por completo de esta canción. Es preciosa, ¿verdad? —Sin esperar una respuesta, volvió a tocarla mientras cantaba en voz baja—. «Duerme, niño, y que la paz sea contigo toda la noche. Ángeles de la guarda Dios te enviará, toda la noche.»

Muy oportuno, ¿no le parece? —Su voz se apagó—. Espero que mi bebé encontrara aquella noche un ángel de la guarda. —Y de repente pareció a punto de llorar.

—Te llamaré —le prometió Alvirah.

17

—¿Has terminado conmigo, Cordelia? —preguntó Willy con voz cansada—. He reparado los dos retretes, pero debes decirle a los niños que no tiren las toallas de papel. Hazte a la idea de que esas tuberías pertenecen a una residencia de jubilados. Que es donde yo debería estar ahora —añadió con un suspiro.

—Tonterías —repuso Cordelia—. Todavía eres joven, William. Ya verás cuando tengas mi edad.

Entre ambos había una diferencia de diez años.

—Cordelia, el día que cumplas cien años seguirás teniendo más energía que un cohete.

—Ahora que lo dices, he de supervisar el ensayo de la función. Ven, acompáñame arriba. Los niños no tardarán en marcharse a casa.

Cordelia agarró a Willy del brazo y tiró de él hacia la escalera.

Eran las seis menos cuarto y el ensayo de la función estaba en pleno apogeo. Se hallaban en la escena final, la del establo. Stellina estaba arrodillada con expresión solemne frente a una manta doblada que representaba la cuna del Niño Jesús y un Jerry Núñez de mirada pícara.

Los tres Reyes Magos, encabezados por José Díaz,

se acercaron por la izquierda mientras los pastores se congregaban a la derecha.

—Más despacio —ordenó la hermana Cordelia levantando y bajando las manos—. Paso a paso. Y no os empujéis. Jerry, baja los ojos. Deberías esta mirando al bebé, no a los pastores. Willy, toca la canción final.

—Me he dejado la partitura en casa, Cordelia. No pensé que iba a pasar aquí tanto tiempo.

—Entonces cántala. Dios te dio buena voz. Empieza en un tono muy bajo, como haces cuando estás al piano, y luego súbelo. Stellina y Jerry se sumarán a ti seguidos de los Reyes Magos, los pastores y por último el coro.

Willy sabía que más le valía no discutir con su hermana.

—Duerme, niño —empezó.

—José, te colgaré del techo si pisas a Denny —dijo Cordelia—. Perdona, Willy, vuelve a empezar.

Al llegar a «Ángeles de la guarda Dios te enviará», Stellina y Jerry fundieron sus voces infantiles, dulces y puras con la voz de tenor de Willy.

Qué voz tan hermosa tiene esa niña, pensó Willy. El diapasón es perfecto. Luego contempló sus ojos marrones y graves. Una niña de siete años no debería parecer tan triste, pensó mientras los Reyes Magos, los pastores y el resto de los chiquillos empezaban a cantar.

—«Las horas del sueño pasan lentamente, la montaña y el valle duermen profundamente, y yo velo por ti toda la noche.»

Al llegar al final Willy, la hermana Cordelia, la hermana Maeve Marie y algunos voluntarios prorrumpieron en aplausos.

—Hacedlo así dentro de dos semanas y tendréis éxito seguro —dijo Cordelia a los niños—. Ahora poneos los abrigos y las gorras, y no os hagáis un lío con ellos. Vuestros padres no tardarán en llegar y no debéis hacerles esperar. Llevan todo el día trabajando y están muy cansados. —Se volvió hacia Willy—. Y yo también.

—Me anima saber que también tú tienes tus limitaciones —observó Willy—. En fin, puesto que llevo aquí todo el día, ya no me viene de un rato. Me quedaré para ayudarte a poner orden.

Veinte minutos después Willy y las dos monjas se hallaban en el portal esperando a que la señora Núñez viniera a recoger a Stellina y Jerry. Cuando finalmente llegó, jadeante y contrita, restaron importancia al asunto.

La hermana Cordelia la llevó a un lado.

—¿Cómo está la tía abuela de Stellina? —preguntó.

—Mal —susurró la señora Núñez sacudiendo la cabeza—. Me temo que acabará en el hospital antes de que termine la semana. —Se santiguó—. Por lo menos el padre ha vuelto. —La mujer sorbió por la nariz, como si quisiera indicar la poca fe que tenía en él.

—Pobre chiquilla —comentó Cordelia cuando la señora Núñez y los niños se hubieron marchado—. Su madre la abandonó cuando ella aún era un bebé. Pronto perderá a la tía abuela que la crió y por lo visto el padre casi nunca está en casa. Al parecer es un desastre de hombre.

—Peor —intervino la hermana Maeve Marie—. El viernes por la tarde vino a buscar a Stellina cuando la pequeña ya se había ido. No me dio buena espina, así que hice mis indagaciones entre los chicos del barrio.

—¿Manteniendo fresco su viejo oficio, detective? —preguntó Willy.

—No hago daño a nadie. Es posible que el señor Centino esté a punto de meterse en un lío serio.

—Lo que significa que esa encantadora niña podría terminar en un orfelinato —observó con tristeza Cordelia—. Y dentro de unas semanas ni siquiera nosotras podremos cuidarla. —Suspiró—. En fin, qué se le va a hacer. Has hecho un gran trabajo, Willy. El viernes puedes pasar a recoger tu paga.

—Muy graciosa —dijo Willy con una sonrisa. Al salir del edificio se detuvieron un momento en la acera—. Tomaos una copa de vino y relajaos —aconsejó a las religiosas—. Os invitaría a cenar, pero no he hablado con Alvirah desde este mediodía, que fue cuando me llamó para decirme que iba a ver apartamentos, y no sé cuándo cenaremos.

Cordelia miró sorprendida a su hermano.

—¿Bromeas? Pensaba que estabais encantados con vuestro piso. Alvirah siempre dice que no lo dejaría ni aunque la sacaran a la fuerza. Me cuesta creer que quiera mudarse.

—No es eso —la tranquilizó Willy—. Sólo está intentando conocer mejor a esa pareja de la inmobiliaria que firmó el testamento de Bessie como testigos. Cree que si sale lo suficiente con ellos podría averiguar si hubo algo raro en esa firma. En fin, chicas, tengo que irme. Estáis haciendo un gran trabajo y la función será todo un éxito. Deberíais invitar al alcalde para que conozca vuestra labor.

El cumplido no consiguió borrar la preocupación de las hermanas, y cuando Willy llegó a casa también allí le esperaba un semblante preocupado, esta vez el de Alvirah.

—Tengo los pies destrozados de ver tantos apartamentos con Eileen Gordon —dijo.

—¿Has averiguado algo? —preguntó Willy.

—Que es una mujer encantadora. Pondría la mano en el fuego a que no le quitaría a otra persona ni un sorbo de agua, aunque tuviese un ataque de tos.

—Eso significa que los Baker la han utilizado a ella y a su marido.

—Así es. La verdad es que esperaba que también ellos fueran unos embaucadores —repuso Alvirah con un suspiro—. Es más fácil atrapar a un farsante que convencer a un espectador inocente de que le han engañado.

18

La relación de monseñor Thomas Ferris con la iglesia de San Clemente había comenzado cuarenta años atrás, cuando él era un sacerdote recién ordenado. Siete años más tarde lo destinaron a una parroquia del Bronx y después trabajó para el cardenal en los despachos de la catedral. Hacía diez años que había regresado a San Clemente como pastor y era aquí donde esperaba pasar el resto de su vida activa. Sentía que San Clemente era su casa. Estaba orgulloso de la iglesia, de su historia y de su importante posición en la comunidad. El único incidente que había empañado la trayectoria del monseñor había sido el robo del cáliz del obispo Santori.

—Me culpo de ello porque ocurrió durante mi guardia —solía decir a sus hermanos sacerdotes, quienes sabían lo mucho que le había afectado la desaparición del cáliz—. La policía nos avisó de que se estaba produciendo una racha de robos en las iglesias, pero no hicimos caso. Sí, es cierto que pusimos alarmas en ventanas y puertas, pero eso no fue suficiente. Hubiéramos debido instalar un detector de movimientos. Propuse esa posibilidad, pero nunca la llevamos a término.

Y a pesar de que el armario que contenía el cáliz del obispo estaba equipado con una alarma silenciosa, no había servido de nada. Para cuando la policía llegó, el ladrón y el cáliz habían desaparecido.

El monseñor sentía aún más la pérdida del cáliz cuando se acercaba la Navidad, pues el robo había tenido lugar durante el Adviento. Y aun cuando él y los feligreses rezaban asiduamente para que apareciera de nuevo, sus oraciones resultaban particularmente fervorosas en esta época del año.

Algunos santos nacen, no se hacen, pensaba Ferris. En su opinión, ciertos santos nacen con una bondad interior que puede sentirse, independientemente de las circunstancias. Había conocido al obispo Santori cuando éste se acercaba al final de sus días, ya retirado de sus obligaciones oficiales. Vivió en San Clemente hasta el día de su muerte.

El obispo poseía una aureola de santidad, pensó Ferris. La misma aureola que rodeaba al cardenal Cooke.

El lunes por la noche, cuando procedió a cerrar la iglesia, pasó frente al confesionario. El ladrón que robó el cáliz tuvo que esconderse aquí, pensó. Si lo que quería era el diamante, sólo me queda rezar para que no arrojara la copa a la basura.

En el fondo, el monseñor no creía que el cáliz hubiese sido destruido. De hecho, últimamente había tenido la sensación de que el robo se había producido porque el cáliz hacía falta en otro lugar, porque su exilio de la iglesia de San Clemente tenía como fin satisfacer una misión más importante.

Tras cerrar la iglesia con llave, se descubrió dirigiendo la mirada hacia la acera de enfrente en busca de la misteriosa joven. Al ver que no estaba experimentó una fugaz decepción. Había esperado que regresara. Se daban muchos casos de personas que deambulaban por los alrededores de la iglesia, reacios a desahogarse con él, y que al final hacían acopio de valor y se le acercaban.

«Monseñor, necesito ayuda», era lo primero que decían.

La asistenta le había dejado la cena en el horno y el ayudante había salido, así que Thomas Ferris disfrutó del placer de leer sin ser interrumpido mientras comía y bebía un vaso de vino. Cuando hubo terminado, enjuagó los platos y los introdujo en el lavavajillas al tiempo que recordaba con humor los viejos días en que el pastor —conocido entre sus seis o siete ayudantes como «el jefe»— reinaba como monarca absoluto, y el día que en la rectoría entró una asistenta que cocinaba como un ángel y servía deliciosas comidas tres veces al día.

Fue durante el café cuando Alvirah le telefoneó.

—Monseñor —dijo—, tengo una amiga con un problema y aunque creo que he encontrado la solución, primero debo hablar con usted. Verá, estoy escribiendo la historia de una joven que siete años atrás dio a luz a un bebé al que abandonó en el portal de una rectoría. —Se hizo una pausa—. Se lo cuento porque era su rectoría.

—¡Alvirah, jamás ha ocurrido una cosa así en esta rectoría!

—Estoy convencida de que sí ocurrió, sólo que usted no se enteró. El caso es que mi editor publicará la historia en primera página y, puesto que debemos proteger la identidad de la madre, queremos dirigirle a usted las llamadas que puedan producirse. Tengo intención de ofrecer una buena recompensa a cambio de información sobre el bebé. Usted sólo tiene que atender las llamadas.

—Alvirah, afloja un poco.

—No puedo. Es la época perfecta para publicar esta clase de historias. Por un lado, la gente presta más atención a los relatos de interés humano en Navidad y, por otro, la niña cumplió siete años la semana pasada. Estoy escribiendo el artículo en este momento y necesito saber si puedo utilizar su nombre como intermediario.

—Primero me gustaría leer lo que has escrito —dijo el monseñor con cautela.

—Por supuesto. No sabe cuánto le agradezco su colaboración y lo mucho que lamento tener que abusar de su amabilidad, pero es que con el artículo y la recompensa esperamos atraer mucha atención. Confiamos en poder encontrar a la pequeña, y si no revelamos el nombre de la madre ningún moralista entrometido intentará dar ejemplo y hacer que la arresten por abandonar a su hija. Lo que aún no tengo claro es si usted debería conocer la identidad de la mujer.

—Déjame pensarlo.

—Para mí no supone ningún problema —dijo Alvirah—. Puedo alegar secreto profesional si me interrogan.

Existe una forma de impedir que me obliguen a revelar la identidad de la mujer, pensó Ferris, pero el secreto de confesión no debe utilizarse porque a uno le convenga.

—Espera un momento, Alvirah. Dijiste que sucedió hace siete años. ¿Fue el mismo día que robaron el cáliz?

—Eso parece. Cuando la madre telefoneó a la rectoría, contestó un sacerdote mayor. Ella pidió para hablar con usted, pero el hombre le dijo que estaba fuera con la policía porque habían tenido una emergencia. La madre pensó entonces que habían encontrado el bebé.

El religioso acabó de decidirse.

—Escribe la historia, Alvirah. Cuentas con mi apoyo.

Maravillado, Ferris colgó el auricular. ¿Era posible que la persona que se había llevado al bebé viera al ladrón huir de la iglesia y fuera capaz de proporcionar finalmente una pista sobre su identidad? Ayudando a esta desafortunada madre podría acabar de una vez con el persistente misterio del cáliz.

19

Cada vez que entraba en la habitación de Bessie, Kate Durkin tenía la impresión de que había algo que se le escapaba, pero no sabía decir qué. Exasperada, finalmente suplicó a san Antonio que la ayudara a averiguarlo. Mientras rezaba reconoció que generalmente le pedía ayuda con cosas tangibles, como las gafas, el monedero o su única joya, el anillo de prometida de su madre, un aro con un diminuto diamante de Tiffany.

En aquella ocasión san Antonio había tardado dos semanas en ayudarle a recordar que lo había escondido en un tubo de aspirinas vacío cuando ella y Bessie se fueron de viaje a Williamsburg en un autobús para la tercera edad.

—Verás, san Antonio —dijo mientras colocaba ropa interior pulcramente doblada en una caja que descansaba sobre la cama—, creo que Alvirah podría tener razón. Quizá sea cierto que los Baker embaucaron a Bessie para quedarse con la casa. No estoy segura de ello, pero estoy preocupada. Cada vez que entro en esta habitación y veo el escritorio de Bessie con la vieja máquina de escribir, en mi cabeza se dispara una alarma.

Kate reparó en unas medias dobladas que tenían una carrera.

Pobre Bessie, pensó. Estaba perdiendo la vista pero se negaba a hacerse unas gafas nuevas. Decía que era tirar el dinero porque probablemente no llegaría a Navidad. Y no se equivocaba, se dijo con un suspiro al tiempo que abría el siguiente cajón y cogía los camisones de lana que constituían el uniforme de cama de Bessie.

Pobrecilla, pensó, éste debió de devolverlo al cajón sin darse cuenta de que ya lo había usado. Sacudió la cabeza mientras frotaba el cuello de puntillas manchado de colorete de un camisón de flores rosas. Lo lavaré antes de empaquetarlo. Bessie lo habría querido así.

La verdad es que no me sorprende que se lo hubiese puesto para luego quitárselo, pensó. Nunca le gustaron las puntillas del cuello. Decía que le picaban. Lo que me extraña es que se lo pusiera siquiera.

Todavía tenía el camisón en la mano cuando un ruido la hizo girarse. Vic Baker se hallaba de nuevo en el umbral de la puerta, observándola.

—Estoy preparando la ropa de mi hermana para enviarla a un centro benéfico —dijo secamente Kate—. A menos que tú y tu mujer también queráis reclamar sus camisones.

Vic se marchó sin responder. Ese hombre me da miedo, pensó Kate. Hay algo tenebroso en él. Sentiré un gran alivio cuando me haya ido de aquí.

Esa noche fue hasta la lavadora y se extrañó al ver que el camisón de flores rosas no estaba con la ropa sucia que había dejado allí.

Creo que me estoy volviendo loca, pensó Kate. Juraría que lo había bajado. Probablemente lo he empaquetado. Ahora no tendré más remedio que revisar esas condenadas cajas una por una.

20

El viernes 11 de diciembre apareció en la portada del *New York Globe* el artículo de Alvirah sobre el bebé abandonado en el portal de la rectoría de San Clemente siete años atrás. Tan pronto el periódico llegó a los quioscos las llamadas empezaron a llover en el número especial que monseñor Ferris se había apresurado a instalar en la rectoría.

Su secretaria, tras atender la llamada, comunicaba a su interlocutor que estaba grabando la conversación y, si creía que podía aportar algún dato interesante, la pasaba al monseñor. No obstante, cuando Alvirah telefoneó al clérigo el lunes por la mañana, lo encontró muy desanimado.

—De las más de doscientas llamadas recibidas hasta ahora ninguna merece la pena —dijo—. Por desgracia, muchas provenían de personas indignadas que expresaban su reprobación hacia alguien que había sido capaz de dejar a un bebé a la fría intemperie aunque fuera durante unos minutos.

—¿Ha ido a verle la policía? —le preguntó Alvirah.

—Pasó por aquí una asistenta social del departamento de servicio a la infancia y te aseguro que no estaba nada contenta. Lo único que podemos afirmar ahora es que no existe ningún informe de ningún bebé hallado muerto o abandonado en Nueva York en aquella época.

—Supongo que eso ya es algo —dijo Alvirah con un suspiro—. Estoy muy decepcionada. Pensaba que era una idea excelente y que daría sus frutos.

—Y yo. ¿Cómo está la madre? Finalmente he llegado a la conclusión de que debe de tratarse de la joven que rondaba por aquí la semana pasada.

—Con todo, supongo que todavía puede declarar honestamente que no sabe quién es, ¿verdad? —preguntó Alvirah con cierta preocupación.

Como siempre, estaba grabando la conversación por si el monseñor decía algo que ella pudiera pasar por alto.

—No hace falta que apagues la grabadora, Alvirah. No sé quién es y no quiero saberlo. Por cierto, me han dicho que estás buscando apartamento.

—Tengo los pies destrozados de tanto caminar —reconoció ella—. Los Gordon son gente agradable, pero aunque no se les dé mal eso de vender inmuebles, no destacan por su inteligencia. Son capaces de enseñarte un agujero diminuto y oscuro mientras te cuentan que es un apartamento encantador, y lo peor es que se lo creen. Luego te explican entusiasmados que el propietario ha aceptado vendértelo por novecientos mil dólares en lugar del millón que pedía.

—Los agentes inmobiliarios tienen que mostrar entusiasmo por los lugares que enseñan —repuso apaciblemente monseñor Ferris—. En algunos círculos se conoce como optimismo.

—En su caso es estrechez de miras. En fin, ahora me voy con Eileen a ver un piso que, según ella, goza de una vista espectacular de Central Park. Estoy impaciente por verlo. Después visitaré a Kate para intentar animarla.

—Espero que lo consigas. Se pasa el día leyendo y releyendo el testamento de Bessie y en cada ocasión encuentra la forma de hacer que hiera sus sentimientos. La última vez me aseguró que la firma de Bessie estaba escrita con tanta fuerza que la pluma casi había atravesado el papel. «Como si estuviera impaciente por regalar su casa a unos extraños», dijo.

Después de colgar, Alvirah permaneció veinte minutos absorta en sus pensamientos. Luego se puso el abrigo y el sombrero y salió a la terraza.

El viento le azotó la cara y, pese al abrigo, un escalofrío le recorrió el cuerpo. He fracasado, se dijo. Pensaba que estaba haciendo un favor a Sondra. Le hice albergar esperanzas para nada y ahora estará más acongojada que nunca. Su abuelo y su novio llegan mañana y tendrá que fingir alegría delante de ellos y en los ensayos.

También infundí en Kate la esperanza de que encontraría una forma de invalidar ese testamento, pero después de haberme recorrido todos los apartamentos vacíos de la zona oeste, solamente he llegado a la conclusión de que Jim y Eileen son buenas personas a quienes probablemente la suerte les acompaña a la hora de vender, porque está claro que no te escuchan cuando les dices lo que buscas.

—Nada por ahora —admitió tristemente a Kate cuando fue a verla—. Pero, como suelo decir, la esperanza es lo último que se pierde.

—Oh, Alvirah —repuso Kate—, me temo que ya no hay esperanza. Lo que más me molesta es que mis emociones parecen una montaña rusa. Pienso en aquel lunes en que dejé a Bessie sentada delante del televisor, viendo sus programas favoritos, ya sabes, *Sólo se vive una vez* y *Hospital General*, hablando como una cotorra sobre los personajes y las cosas terribles que se hacían unos a otros, y al mismo tiempo estaba planeando hacerme algo terrible a mí.

Esa noche Alvirah sufrió uno de sus ataques de insomnio detectivescos. Finalmente, a la una de la madrugada, se dio por vencida, fue a la cocina, preparó té y rebobinó la cinta.

Hércules Poirot, se dijo. ¡Piensa como él!

A las siete, cuando Willy salió del dormitorio frotándose los ojos, encontró a una detective jubilosa.

—Willy, creo que he encontrado la clave de este asunto —anunció con una amplia sonrisa—. Empieza con la firma de Bessie en el testamento. Es difícil apreciarla en una copia. Hoy iré al tribunal de testamentarías para examinar el documento original. Podría encontrar algo interesante.

—Si hay algo que encontrar, tú lo encontrarás, cariño —dijo Willy con voz todavía soñolienta—. Apuesto por ti.

21

Le habían ofrecido algo grande, el trabajo más importante de su vida, más importante incluso que el que había hecho para la empresa de ordenadores falsa. No era la especialidad de Lenny, pero había decidido arriesgarse. Con este gran golpe no tendría que preocuparse por varios años. Además, había decidido que era el momento de largarse a México, sobre todo ahora que la madre de Estrella estaba en la ciudad buscando a su pequeña.

El artículo del *New York Globe*, que describía con todo detalle el abandono de Estrella en el portal de la rectoría, le había puesto muy nervioso. ¿Y si un vecino de su edificio empezaba a hacer cálculos y caía en la cuenta de que habían transcurrido exactamente siete años desde que Lenny apareciera con el bebé? Esa idea no le hacía ninguna gracia. Quién sabe, quizá a alguien le diera incluso por recordar el viejo cochecito azul con la mancha en el costado.

Algunos programas de radio hablaban mucho sobre el caso. Don Imus, concretamente, no hablaba de otra cosa. Había invitado al programa al jefe de policía, quien había comentado que si encontraban a la persona o personas que se habían llevado a la niña, podrían acusarlas de rapto y enviarlas a la cárcel por una larga temporada.

—Si alguien encuentra un objeto valioso que no le pertenece, debe entregarlo aunque no sepa quién es el propietario —explicó el jefe de policía—. Ésa es la ley. ¿Y qué puede tener más valor en el mundo que un bebé?

Él e Imus hablaron sobre la nota, la cual aparecía en el artículo palabra por palabra.

—El hecho de que la madre quisiera un buen hogar para su hija no significa que quisiera cualquier hogar —señaló el jefe de policía—. Esa pequeña pasó a estar bajo la custodia del ayuntamiento en cuanto la madre la abandonó, y en nombre del ayuntamiento queremos que nos la devuelvan. Confío en que si alguien posee el menor indicio de quién podría tener la criatura, nos avise inmediatamente. Doy mi palabra de que la llamada se mantendrá en el anonimato y la recompensa se entregará sin publicidad.

Ese martes por la mañana, mientras removía el azúcar del café con leche que había preparado para Lilly, Lenny empezó a comprender algo más. Su tía había empeorado y últimamente apenas se levantaba de la cama. Lenny sabía que si la mujer ingresaba en el hospital y empezaba a hablar de Estrella, los asistentes sociales vendrían a casa para conocer la situación.

Cuando entró en la habitación encontró a Lilly con los ojos cerrados, pero al oír los pasos de su sobrino los abrió.

—Lenny, no me encuentro bien —dijo—, pero sé que si voy al médico me meterá en el hospital. Quiero ver a Stellina haciendo de Virgen María en la función, de modo que esperaré unos días. Pero cuando finalmente ingrese en el hospital, quiero que se quede con Gracie Núñez hasta mi regreso. ¿De acuerdo?

Lenny sabía que la función tendría lugar el lunes 21 por la tarde, el día de su gran trabajo. También sabía que no había la más mínima posibilidad de que Lilly asistiera, pero para él sería fantástico que aguantara esos días antes de ingresar en el hospital. Una vez hubiese hecho el trabajo obligaría a su tía a hospitalizarse, y, una vez libre de ella, él y Estrella cogerían la carretera. Es mi estrella de la suerte, pensó Lenny, y tengo que mantenerla a mi lado.

Colocó la taza sobre la mesita de noche.

—Voy a cuidar muy bien de ti, tía Lilly —prometió Lenny—. A Stellina se le partiría el corazón si no consiguieras verla en la función con el precioso vestido que le has hecho. Y estoy de acuerdo contigo: si ingresas en el hospital, será mejor que se quede con la señora Núñez hasta tu vuelta. Tengo que trabajar y no quiero que esté aquí sola.

Lilly le miró conmovida y agradecida.

—*Grazie*, Lenny, *grazie* —murmuró mientras daba a su sobrino unas palmaditas en la mano.

La túnica blanca y el velo azul descansaban en el perchero situado junto a la cómoda. Cuando Lenny se volvió para mirarlo, una ráfaga de aire entró por la ventana entreabierta y el velo echó a volar, giró hacia la derecha y acarició el cáliz.

Otro aviso, pensó Lenny. El artículo del *Globe* mencionaba la presencia de la policía en la iglesia de San Clemente siete años atrás como consecuencia del robo. La historia del cáliz aparecía en otra página del periódico acompañada de una foto del mismo.

A Lenny le entraron ganas de agarrar el cáliz y tirarlo a la basura, pero no podía correr ese riesgo. Si desaparecía, Lilly armaría un escándalo y Estrella se lo contaría a sus amigos.

No, el cáliz tendría que esperar. Pero no por mucho tiempo. Cuando él y Estrella se marchasen al fin, había algo de lo que estaba seguro: que el cáliz acabaría en el fondo de río Grande.

22

Sondra ya no soportaba leer el periódico, ver la televisión o escuchar la radio. La historia de Alvirah sobre el bebé había levantado una ola de protestas en los medios de comunicación que la hacían encogerse de vergüenza.

El lunes por la noche rebuscó en su maleta y encontró los somníferos que el médico le había recetado para el insomnio. Nunca los había tocado, pues prefería mantenerse firme a ceder a la tentación de utilizar algo que consideraba una mera muleta. Mas llegado el lunes supo que no tenía elección. Sencillamente, tenía que dormir.

No obstante, a las ocho del día siguiente, despertó con las mejillas cubiertas de lágrimas, y entonces recordó que en sus sueños había estado llorando. Mareada y desorientada, finalmente consiguió erguirse y poner los pies en el suelo.

Durante unos segundos sintió que la habitación daba vueltas. Las cortinas de flores se mezclaron con la tapicería rayada del sofá formando un calidoscopio de colores. Hubiera sido preferible soportar el insomnio o tragarme el frasco entero de pastillas, pensó. Luego sacudió la cabeza. No, no soy una cobarde.

Una ducha larga y caliente la ayudó a recuperarse.

Se puso el albornoz, se envolvió el cabello en una toalla y se obligó a pedir huevos revueltos con tostadas, zumo de naranja y café.

El abuelo y Gary llegarán esta noche, pensó. Si me ven en semejante estado se empeñarán en averiguar el motivo y al final me hundiré y se lo contaré todo. Hoy tengo que hacer un buen ensayo. Y mañana uno aún mejor porque el abuelo estará escuchando. He de ofrecer una actuación que le haga sentir que todos los años de enseñanzas y sacrificios han valido la pena.

Sondra caminó hasta la ventana. Hoy es martes 15 de diciembre, pensó mientras contemplaba la calle llena de tráfico y peatones que se dirigían al trabajo.

El concierto tendrá lugar el miércoles de la semana que viene, pensó. El jueves es Nochebuena y se supone que regresaremos a Chicago. Pero yo no iré. En lugar de eso me presentaré en la rectoría de San Clemente, algo que debí hacer hace siete años en lugar de echar a correr hasta un teléfono situado a dos manzanas de distancia. Le diré a monseñor Ferris que soy la madre del bebé y luego le pediré que llame a la policía. No puedo vivir con este sentimiento de culpa ni un día más.

23

A las diez de la mañana del martes Henry Brown, secretario del tribunal de testamentarías de la calle Chambers, levantó la mirada y vio a una mujer de unos sesenta años de aspecto resuelto, pelirroja y con una mandíbula ligeramente prominente. Observador entusiasta de la naturaleza humana, Henry reparó en las líneas en torno a la boca de la mujer y las arrugas alrededor de los ojos. Comprendió que eran el reflejo de un temperamento afable y sonriente, y que la irritación que veía en la cara sólo era puntual.

Estaba seguro de que la había calado, de que se hallaba ante un familiar disgustado deseoso de examinar el testamento de un pariente que le había excluido.

Muy pronto descubrió que tenía razón en cuanto al deseo de ver el testamento pero que la mujer no era ningún familiar.

—Me llamo Alvirah Meehan. Tengo entendido que los testamentos pendientes de verificación son documentos públicos y tengo derecho a examinarlos si quiero.

—Así es —respondió amablemente Henry—. Pero debe hacerlo en presencia de un miembro del personal.

—Por mí, como si el ayuntamiento entero se me cuelga del hombro —repuso bruscamente Alvirah.

Entonces se aplacó. Después de todo, aquel hombre no tenía la culpa de que cuanto más cerca se hallaba del testamento original de Bessie, más nerviosa se sintiera.

Quince minutos más tarde Alvirah se hallaba estudiando el documento con Henry Brown sentado al lado.

—Otra vez esa palabra.

—¿Cómo dice?

—El adjetivo «pulquérrimo», que me da mala espina. Verá, juraría que la dama que escribió este testamento jamás utilizó, en sus ochenta y ocho años de vida, esa palabra.

—Oh, se sorprendería de lo literaria que se vuelve alguna gente a la hora de escribir su testamento —explicó Henry—. A veces, lógicamente, cometen errores y ponen cosas como «en respecto con» o «repetir de nuevo». —Hizo una pausa y añadió—: No obstante, debo reconocer que nunca había visto utilizar el adjetivo «pulquérrimo».

Alvirah, tras oír la decepcionante noticia de que la gente acostumbraba añadir palabras inusuales e incluso pomposas en su testamento, no le prestaba atención.

—¿Qué es esto? —preguntó—. Me refiero a la última página.

—Se conoce como la cláusula de atestación. Según la ley del estado de Nueva York, los testigos deben rellenar esta página. En ella se atestigua que han estado presentes en la firma del testamento. La testadora, en este caso la señora Bessie Durkin Maher, también debe firmarla. Este documento confirma la presencia de los testigos en la firma del testamento. Sin él, los testigos tendrían que comparecer en el momento de la verificación, y dado que a veces la investigación tarda años, cabe la posibilidad de que hayan fallecido o se hayan mudado.

—Fíjese en esto —dijo Alvirah alzando las dos hojas—. Compare la firma de Bessie en el testamento con la firma en la... ¿cómo lo ha llamado?... cláusula de atestación. La tinta es diferente y, si no me equivoco, ambos documentos deben firmarse al mismo tiempo.

Henry Brown examinó ambas firmas.

—No hay duda de que son tintas diferentes —dijo—. Quizá su amiga Bessie pensó que la firma del testamento, aunque legible, estaba escrita con tinta demasiado clara y cambió de estilográfica, lo cual no es ilegal. Los testigos sí firmaron con la misma pluma.

—Una de las firmas de Bessie es decidida y la otra vacilante —señaló Alvirah—. Quizá firmó ambos documentos en momentos distintos.

—Eso sí sería ilegal.

—Por supuesto.

—En fin, si ha terminado, señora Meehan...

Alvirah sonrió.

—No, me temo que no he terminado. No se imagina lo agradecida que le estoy por dedicarme tanto tiempo, pero estoy segura de que no desearía que se produjera una injusticia.

Henry sonrió. Todas las personas que han sido excluidas de un testamento aseguran que se trata de una injusticia, pensó.

—Mire, Henry —prosiguió Alvirah—. ¿Puedo llamarle Henry? A mí puede llamarme Alvirah. —Sin esperar a comprobar si él aceptaba esa familiaridad, dijo—: Bessie jura que éste es su último testamento. Yo juro que este testamento es falso. Además, ¿dónde aprendió Bessie a redactar la cláusula de atestación? ¿Eh?

—Quizá le pidió a alguien que la redactara o puede que le dieran un ejemplar —repuso pacientemente Henry—. Y ahora, señora Meehan, quiero decir, Alvirah...

—De acuerdo, reconozco que no es una prueba, pero estas dos firmas parecen diferentes y yo le digo que

Bessie no firmó estos documentos en el mismo momento. —Recogió sus cosas con gesto enérgico—. Gracias, Henry —dijo, y se marchó en pos de su siguiente misión.

Fue directamente a la agencia inmobiliaria de James y Eileen Gordon. Había quedado para ver otro apartamento, esta vez en Central Park Oeste, descrito por Eileen Gordon como «una ganga de dos millones».

Mientras fingía interés por el piso y escuchaba a Eileen elogiar la hermosa vista —algo limitada pues el apartamento se hallaba en una segunda planta y delante tenía sólo árboles—, Alvirah se las arregló para desviar la conversación hacia la firma del testamento de Bessie.

—Por supuesto que esa encantadora viejecita firmó ambos documentos —dijo Eileen con los ojos bien abiertos y una amplia sonrisa—. Estoy segura de ello. Pero parecía cada vez más fatigada, por eso la segunda firma resultó algo insegura. No me fijé si cambió de estilográfica. Probablemente me hallaba contemplando la habitación. Esa casa se encuentra en muy buen estado. Hay que hacer algunas reparaciones, como la puerta del salón, pero es poca cosa. Tal como están los precios hoy día, podría sacar fácilmente por ella cinco millones.

Por una vez creo que tienes razón, pensó Alvirah mientras, presa del desánimo, apagaba la grabadora de su broche.

24

—Ese Lenny Centino es más listo de lo que parece —dijo Roberto Pagano, el detective camuflado, a su jefe Joe Tracy el miércoles por la noche, cuando se vieron—. Desde el día que le conocí no ha vuelto a mencionar los repartos que hizo para la supuesta empresa de ordenadores ni nada que nos permita echarle el guante. De no ser por aquel par de cervezas que le aflojaron la lengua, dudo que hubiera dicho nada la primera vez.

—Y en cualquier caso un abogado avispado podría echar por tierra los cargos —comentó Joe—. Por eso cruzo los dedos para que Centino no se eche atrás en el asunto del lunes por la noche.

—No lo hará —le tranquilizó Pagano—. Lenny sabe que últimamente las cosas están difíciles para los camellos en el Upper West Side. Seguro que querrá dar su gran golpe el lunes por la noche para desaparecer durante una larga temporada.

—Sí, pero no a donde él cree, espero —respondió Tracy—. Si Lenny lleva a cabo el trabajo, le tendremos agarrado de pies y manos. Pero ¿y si se pone nervioso y no se presenta? Por otro lado, lleva varias tardes recogiendo a esa chiquilla en ese centro llamado Home

Base. ¿Por qué se ha convertido de repente en tan buen padre?

—Tal vez sólo quiera asegurarse de que su hija le recuerde cuando ya no esté —opinó Pagano encogiéndose de hombros—. Dudo que cargue con una cría de siete años.

—Supongo que tienes razón —convino Tracy.

25

El ensayo final de la función debía tener lugar el viernes por la tarde y Lenny estaba decidido a asistir. Había explicado a las hermanas Cordelia y Maeve Marie que el lunes por la tarde, justo el día de la representación, tenía que trabajar, así que no quería perderse la única oportunidad que tendría de ver a su hija en el papel de la Virgen María.

Esbozando su sonrisa más zalamera, les contó que la *nonna* de Stellina estaba muy enferma, pero que él siempre estaría allí para cuidar de su pequeña.

—Tú y yo contra el mundo, ¿verdad, Estrella? —dijo, acariciando la melena de la chiquilla—. Tendré que aprender a cepillar tu hermosa cabellera. —Sonrió de nuevo a las monjas—. Nonna ya no puede recogerle el pelo como antes.

Las mujeres asintieron con expresión glacial. Luego Cordelia se volvió hacia la sala y dio unas palmadas.

—Muy bien, niños, ocupad vuestros puestos para el ensayo final. Oh, Willy, por fin has llegado. Temía que te hubieses olvidado de nosotros.

Willy y Alvirah subían en ese momento.

—Cordelia, sólo falta una semana para Navidad

—dijo Willy con una sonrisa de resignación—. Lo creas o no, tenía algunas compras que hacer.

—Y yo he tenido mi última salida con los Gordon —explicó Alvirah—. Podría decirse que prácticamente me han echado. Por lo visto creen que todavía no estoy preparada para mudarme y me dieron los nombres de algunos de sus competidores para que los llame en el caso de que desee pasarme el resto de mi vida buscando piso.

—Entonces debemos aceptar que el Señor no quiere que sigamos con nuestra tarea a partir del 1 de enero —dijo Cordelia—. Y no debes culparte de ello, Alvirah. Has removido hasta la última piedra para demostrar que el testamento de Bessie era falso. —Se giró hacia la sala—. Y ahora, empecemos el ensayo. —Miró de nuevo a Alvirah y, bajando la voz, señaló de forma imperceptible a Lenny—. Ese tipo de ahí es el padre de Stellina. Siéntate a su lado. Está intentando darnos buena impresión, de modo que estoy segura de que te hablará. Luego dime qué piensas de él. Creo que sus intenciones no son buenas.

Cordelia tenía razón. Lenny no cerró el pico en todo el ensayo y únicamente interrumpió su relato sobre cómo había renunciado a un buen trabajo en el Medio Oeste porque añoraba demasiado a Estrella y no podía apartarla de su querida tía, para hacer exclamaciones estridentes e inoportunas sobre lo bien que se desempeñaban los niños. Durante sus divagaciones también habló a Alvirah de la guapa chica irlandesa con la que se había casado, la madre de Estrella.

—Se llamaba Rose O'Grady. Nos encantaba bailar juntos. Yo pedía a la orquesta que tocara *Sweet Rosie O'Grady* y luego se la cantaba al oído.

—¿Qué le ocurrió? —preguntó Alvirah.

—Es algo que no suelo contar. Sufrió una depresión

posparto tan terrible que tuvimos que hospitalizarla. Luego... —la voz de Lenny se hizo ahogada— no la vigilaron lo bastante.

Suicidio, pensó Alvirah.

—Oh, cuánto lo siento —dijo de corazón.

—Nonna le contó a Estrella que su madre estaba enferma y había tenido que irse lejos, y que probablemente no volvería a verla. Creo que hubiéramos debido decirle desde el principio que había muerto, pero Nonna no quiere —explicó Lenny, satisfecho del cuento que se había inventado.

En ese momento se produjo un pequeño fallo técnico en el escenario. A Rajid, el tercer Rey Mago, se le había caído la jarra que teóricamente contenía la mirra.

—No te preocupes, Rajid —dijo Cordelia mientras los ojos del chiquillo se llenaban de lágrimas y Maeve Marie se acercaba para recoger los pedazos—. Sólo ha sido un pequeño accidente sin importancia. Que continúe la obra.

Willy se dirigió al piano. Había llegado el momento de la escena final.

—Duerme, niño, y que la paz sea contigo —entonó.

Stellina y Jerry, que estaban arrodillados junto a la cuna, levantaron la vista.

—Ángeles de la guarda Dios te enviará —cantaron con sus voces infantiles, dulces y puras.

—Qué canción tan bonita —exclamó Lenny—. Me recuerda a...

—¡Sshh!

Caray, ¿no puede callarse ni para escuchar a su propia hija?, pensó Alvirah, que si hubiese tenido cinta adhesiva a mano no habría dudado en cubrirle la boca. Se dio cuenta de que Stellina dirigía la mirada hacia su padre, pero enseguida la apartó, como si se sintiera avergonzada.

Es lo bastante lista para comprender que su padre es un indeseable, pensó Alvirah. Pobrecilla. Hoy tiene un aspecto un tanto desaliñado; normalmente va muy bien peinada. Desaliñada pero hermosa, claro, con ese pelo rubio y rizado que le llega hasta la cintura, esa tez clara y esos ojos castaños y profundos. Su tristeza le da un aire casi adulto. ¿Por qué algunos niños tienen tan mala suerte en la vida?

Lenny aplaudió estrepitosamente cuando el ensayo tocó a su fin.

—¡Genial! —gritó—. ¡Mola un montón, Estrella! ¡Tu padre está orgulloso de ti!

Stellina enrojeció y desvió la mirada.

—Tu papá está orgulloso de ti —se burló Jerry mientras se levantaba—. Eres la mejor Virgen María del mundo, ja, ja, ja.

—Todavía estamos a tiempo de buscar a otro san José —le advirtió Cordelia dándole una palmada en la cabeza—. Acordaos el lunes de llevar el traje al colegio, niños. Os vestiréis aquí.

—Yo iré a recoger a Estrella al colegio y la vestiré en casa —explicó Lenny a Alvirah—. Su *nonna* no podrá asistir a la función pero quiere verla con el disfraz. Luego me iré a trabajar.

Alvirah asintió distraídamente. Estaba observando cómo Cordelia recogía las ofrendas de los Reyes Magos. Los bombones envueltos en papel de aluminio parecían auténticas ofrendas de oro, pensó. El cuenco pintado que Cordelia había traído del convento para el incienso quedaba muy bonito. Traeré otra jarra que sustituya a la que se le cayó a Rajid, pensó. Entonces vio que Stellina tomaba a Cordelia de la mano y se la llevaba a un lado.

—¿Secretitos? —preguntó Lenny con cierto tono de alarma.

—Lo dudo —dijo Alvirah—. Stellina ha estado pidiendo a la hermana Cordelia y a la hermana Maeve Marie que recen por su *nonna*.

—Sí, debe de ser eso —respondió Lenny.

Satisfecho con la impresión que creía haber causado en el ensayo, antes de marcharse Lenny explicó a todo el mundo que se llevaba a su pequeña a cenar fuera.

—Ahora que Nonna no está para hacer comidas, tendré que comprarme un libro de cocina —fue su comentario de despedida.

Camino de un McDonald's preguntó a Estrella si había pedido a la hermana que rezara por Nonna.

—Se lo pido cada día —respondió Stellina.

De pronto tuvo la sensación de que a su padre podría disgustarle lo que en realidad le había pedido a la hermana: si Rajid podía entrar en el establo para poner el cáliz de plata que había pertenecido al tío de su madre, si Nonna le dejaba traerlo.

Para su felicidad, la hermana se había mostrado de acuerdo. Estrella estaba segura de que si suplicaba a Nonna, ésta le dejaría cogerlo. Y cuando Rajid lo ponga junto a la cuna, rezaré para que mi madre, si todavía no se ha ido al cielo, venga a verme aunque sólo sea una vez.

Eran un deseo y una esperanza que se habían convertido casi en una necesidad apremiante. No obstante, una fe cada vez más fuerte parecía prometer a Estrella que si ofrecía el cáliz al Niño Jesús, su ruego sería escuchado.

Su madre vendría a verla al fin.

26

Peter Lewis, el abuelo de Sondra, llegó el miércoles por la tarde. Para ella supuso un alivio y una decepción que Gary no le acompañara.

—Estará aquí para el concierto —le aseguró el abuelo—, pero tenía mucho trabajo y no podía tomarse estos días libres. Además, creo que es lo bastante perspicaz para saber que los artistas que han de tocar en un concierto importante deben permanecer los últimos días a solas con su música, libres de distracciones.

Sondra sabía lo que su abuelo quería decir. Gary Willis sentía una profunda pasión por la música y comprendía la tensión inherente a la vida de un artista.

—Me alegro de que haya esperado —dijo— y estoy encantada de que tú hayas venido. Abuelo, tienes un aspecto estupendo.

Sondra se sorprendía de verle tan bien. Aunque las huellas de la artritis seguían visibles en sus muñecas y dedos, el triple *by-pass* le había devuelto el vigor y el color a la cara, cosas que ella había temido que, dada su edad y su enfermedad, hubiese perdido para siempre.

Cuando le comentó el buen aspecto que tenía para sus años, él respondió:

—Gracias, Sondra, pero hoy en día se considera que

la vejez empieza a los setenta y cinco. Un suministro fluido de sangre al corazón puede hacer maravillas, aunque espero que nunca tengas que comprobarlo por ti misma.

Por lo menos, pensó Sondra para consolarse, el abuelo parece bastante fuerte para conservar la entereza cuando le cuente lo del bebé y lo que pienso hacer después del concierto. Mas sólo de pensar en ello, palideció.

—En cambio tú has adelgazado y pareces preocupada —dijo Peter Lewis con sequedad—. ¿Ocurre algo o son sólo los nervios del concierto? Si es así, me decepcionas. Pensaba que te había curado de espantos.

—Abuelo, esto es el Carnegie Hall —repuso Sondra—. Es diferente.

Peter Lewis pasó el jueves y el viernes visitando a viejos amigos mientras su nieta ensayaba con su instructor de Nueva York.

El viernes por la noche, durante la cena, le habló de su visita a la iglesia de San Clemente, donde se enteró del robo del cáliz del obispo Santori.

—Por lo visto esa misma noche abandonaron allí a un bebé —dijo mientras examinaba la carta—. El asunto ha salido publicado últimamente en un periódico. —Hizo una pausa—. Lenguado a la plancha y ensalada —dijo. Luego miró a su nieta con ojos indagadores—. Ya que te traigo a Le Cirque 2000, querida, por lo menos ten el detalle de fingir interés por la carta.

Al día siguiente, cuando el abuelo fue a verla ensayar, Sondra pudo leer la decepción en sus ojos. Estaba tocando una sonata de Beethoven, y aunque su interpretación era técnicamente perfecta, no había pasión ni fuego en su música. Y sabía que su abuelo lo percibía.

Cuando Sondra hubo terminado, él se encogió de hombros.

—Tu técnica es maravillosa, pero siempre te has mantenido distante con tu música. Ignoro el motivo. Ahora la distancia es total. —Miró severamente a su nieta—. Sondra, continúa así y desaparecerás de los escenarios en un abrir y cerrar de ojos. ¿Qué ocurre? Te muestras distante con un hombre que te ama y a quien creo que amas. Estás resentida conmigo. No sé por qué, pero hace años que lo noto. ¿No hay nada que te conmueva?

Consternado y resignado, el hombre se dirigió hacia la salida.

—Soy la madre del bebé que fue abandonado en la iglesia de San Clemente —le dijo Sondra.

Las palabras quedaron suspendidas en el aire. Peter Lewis se volvió con expresión incrédula.

Con la voz y el semblante inexpresivos, las palabras precipitándose de su boca, Sondra le explicó toda la historia.

Cuando hubo terminado se produjo un largo silencio. Luego, su abuelo asintió con la cabeza.

—De modo que es eso. Y por lo que veo, en cierta manera me culpas de ello. Tal vez tengas razón, tal vez no, pero eso no importa. Removeremos cielo y tierra hasta encontrarla. Se lo contaremos a Gary. Dispone de muchos contactos. Y si no se muestra comprensivo, quiere decir que no te merece. —Recogió el violín y se lo tendió—. Y ahora, toca con todo tu corazón para la hija que estás buscando.

Sondra se colocó el violín debajo del mentón y cogió el arco. Podía ver a su hija. Pero ¿tenía el pelo rubio como ella o moreno como su padre? ¿Y los ojos? ¿Eran todavía azules, o marrones como los de ella, o de color avellana como los de él? Era un hombre al que había conocido brevemente y que al final se había mostrado indiferente, pero era el padre de su hija. Seguro que se parece a mí cuando tenía su edad, decidió Sondra.

Ahora tiene siete años. Tiene que haber música en su alma, se dijo mientras posaba el arco sobre las cuerdas. Todavía se me escapa su cara, pero la veo a lo lejos. Oigo sus pasos. Siento su presencia. Ella percibe que la quiero. Olvidándose de su abuelo, Sondra empezó a tocar.

No le puse nombre, pensó. ¿Cómo la habría llamado? ¿Cómo la llamo en mi corazón? Buscó una respuesta, pero no la halló.

Cuando las últimas notas tocaron a su fin, su abuelo, tras una larga pausa, asintió con la cabeza.

—Ahora empiezas a ser una auténtica violinista. Todavía no te entregas del todo, pero has mejorado notablemente. Te pedirán un bis. ¿Qué has elegido?

Sondra ignoró la respuesta hasta que se oyó decir:

—Una sencilla canción de Navidad: *Toda la noche*.

27

El domingo por la mañana Alvirah y Willy fueron a misa a San Clemente. Kate Durkin también asistió y luego les invitó a tomar café en su casa.

Al llegar se encontraron a los Baker en la puerta.

—Nos vamos a comprar el periódico —dijo alegremente Vic—. Estamos enganchados al crucigrama del *Sunday Times*.

—Conozco a un tipo que se jactaba de terminarlo cada semana, pero en una ocasión alguien le espió y vio que llenaba muchos espacios en blanco con palabras que no existían —dijo Willy—. ¿Un amigo suyo, quizá?

La sonrisa de Baker se congeló. Linda se encogió de hombros y tiró de la manga de su marido.

—Vámonos, cariño —le suplicó.

—Veo que se ha quitado la corbata negra —observó Willy mientras la pareja se alejaba por la acera cogida del brazo.

—No entiendo cómo no se mata con esos tacones —comentó Alvirah—. Hay capas de hielo por todas partes.

—No se caerá, créeme —dijo Kate—. Es una profesional en eso. Siempre lleva tacones. —Giró la llave y abrió la puerta—. Adelante. Tomaremos el café en el salón —dijo mientras se quitaban los abrigos—. Encendí la chimenea esta mañana. A Bessie le encantaba sentarse en el salón y tomar una taza de café con un trozo de mi bizcocho los domingos después de misa.

Kate no quiso que Alvirah la ayudara a preparar la bandeja.

—¡Qué son unas tazas y unos platos! Tú, en cambio, llevas toda la semana corriendo de un lado a otro en mi nombre. Ve a sentarte.

—Siempre me ha gustado esta habitación —comentó Willy tras instalarse en la butaca de piel, el objeto más preciado de Aloysius Maher. El retrato del juez con la toga todavía les miraba benignamente desde encima de la chimenea.

—Es una estancia maravillosa —convino Alvirah—. Ya no se hacen techos tan altos ni chimeneas labradas como ésta. Fíjate en los detalles de las ventanas. Eso sí es arte. No soporto la idea de que Kate no pueda disfrutar de todo esto el resto de su vida. —Suspiró—. En fin, supongo que a Bessie no le molestará que me siente en su butaca preferida. Parece que la estoy viendo, mirando la tele con los pies sobre el cojín. ¡Ay del que la interrumpiera durante *Una vida que vivir* u *Hospital General*! No obstante, ¿qué se le ocurre hacer a punto de tomar el último aliento? Subir a su cuarto aprovechando que Kate está ausente a fin de echarla de esta casa. Lo que significa que se perdió uno de sus programas favoritos en su último día en la tierra.

—Tal vez lo emiten en el cielo y ha podido ponerse al día —sugirió Willy.

Kate entró y dejó la bandeja sobre la mesita.

—Willy, ¿te importaría cerrar la puerta, por favor? —dijo—. «Cielo» y «queridito» regresarán en cualquier momento con el periódico y no quiero que nos interrumpan.

—Será un placer, Kate —gruñó Willy al tiempo que se levantaba.

Con la mención de los Baker surgió el tema del testamento. En un gesto reflejo, Alvirah puso en marcha su broche-grabadora.

—Bessie siempre escribía con la pluma del juez y nunca utilizaba tinta azul —dijo Kate cuando Alvirah mencionó los diferentes tonos de tinta azul que aparecían en el testamento y la cláusula de atestación—. Claro que durante sus últimos días de vida hacía muchas cosas extrañas.

—¿Qué me dices de su máquina de escribir? —preguntó Alvirah—. Creo que Bessie comentó algo sobre ella el día de Acción de Gracias.

—No estoy segura —murmuró Kate.

—De acuerdo. ¿Cómo estaba de la vista? Todos sabemos que Bessie llevaba bifocales, pero la graduación de sus gafas de lectura era demasiado baja. Si no se acercaba el texto a la cara tenía problemas para descifrarlo. Podría haber firmado esos papeles creyendo que estaba firmando un pedido de pintura o herramientas. Recuerdo una vez en que Baker le trajo el recibo de un pedido para que lo firmara, y el hombre le ofreció su pluma.

—Una observación que no será de ninguna ayuda en el juicio —señaló Willy—. Kate, andaría kilómetros por un trozo de tu bizcocho.

Kate sonrió.

—No es necesario. Aquí tienes todo el que te apetezca. Bessie también lo adoraba. Me dijo que cuando ya no estuviera, le cortara un trozo y lo colocara en esta habitación los domingos por la mañana. Dijo que si me olvidaba su fantasma me perseguiría.

Alvirah oyó la puerta de la calle.

—Los herederos ya están de vuelta —murmuró.

Luego observó consternada que la puerta del salón se abría y Vic y Linda entraban esbozando una amplia sonrisa.

—¿Tomando las once? —preguntó Vic con su habitual tono jovial—. Así llaman en Inglaterra al refrigerio de media mañana, que suele ser a las once en punto. —Avanzó un paso—. Caray, este bizcocho tiene un aspecto estupendo, Kate.

—Y sabe estupendo —añadió Alvirah—. ¿No había arreglado esa puerta, señor Baker?

—Así es.

—Entonces ¿por qué se abre con tanta facilidad?

—Necesito ajustarla un poco más. —Incomodado por la conversación, Vic se volvió para marcharse—. En fin, me voy para enfrentarme al crucigrama.

Esperaron a que los pasos de Vic y los tacones de Linda se apagaran.

—Es imposible ofender a ese tipo —observó Willy.

—Si sólo fuera eso —se lamentó Kate—. También quiere enterarse de lo que decimos. Ya casi he terminado de despejar la habitación de Bessie y me alegro, porque Vic siempre anda rondándome cuando estoy allí. —Frunció el entrecejo—. ¿Sabes una cosa, Alvirah? Ahora que recuerdo, la barra espaciadora de la máquina de escribir tampoco funciona bien. Si no la aprietas lentamente se desplaza varios espacios. Acabo de caer en la cuenta ahora mismo. Cada vez que entraba en la habitación de Bessie me quedaba mirando la máquina, intentando recordar lo que mi hermana había comentado sobre ella el día de Acción de Gracias.

Alvirah apuró su taza de café y rehusó otro pedazo de bizcocho.

—Déjame echarle un vistazo —dijo.

Había algunos folios en blanco sobre el escritorio de Bessie. Alvirah introdujo uno en el carro de la máquina y se puso a teclear. El carro se desplazaba varios espacios cada vez que presionaba la barra, lo cual la obligaba a utilizar constantemente la tecla de retorno.

—¿Desde cuándo ocurre esto?

—Por lo menos desde el día de Acción de Gracias.

—Eso quiere decir que o bien Bessie tecleó su testamento antes de ese día, con lo cual mintió descaradamente a monseñor Ferris cuando se vieron al día siguiente, o bien lo tecleó palabra por palabra durante el fin de semana. ¿Quién está engañando a quién?

—Pero eso no es prueba suficiente, cielo —le recordó Willy. Luego contempló las cajas apiladas contra la pared—. Kate, ¿quieres que te ayude con eso?

—Todavía no. Me queda una prenda por guardar y no la encuentro por ningún lado. Puse un camisón de flores rosas de Bessie con la ropa sucia pero ha desaparecido. Tenía una mancha de colorete y quería quitarla antes de regalarlo. —Bajó la voz y miró furtivamente por encima de su hombro—. Si Linda Baker no vistiera como una bailarina barata, juraría que Vic lo robó para ella.

Esa tarde, mientras Willy veía el partido de los Giants contra los Steelers, Alvirah se sentó a la mesa del comedor y escuchó de nuevo todas las conversaciones que había grabado referentes al testamento y la casa de Bessie. A medida que escuchaba hacía anotaciones y fruncía el entrecejo cada vez que caía en la cuenta de algo.

El partido estaba muy empatado y se hallaban en el último cuarto cuando Alvirah gritó:

—¡Creo que ya lo tengo, Willy! Willy, escúchame. ¿Llamarías a Bessie «viejecita encantadora»?

Willy no desvió la mirada de la pantalla.

—Ni en el mejor día de su vida.

—Claro, porque no tenía nada de encantadora. Era

una viejecita arisca, obstinada e irascible. He ahí la clave. Después de todas las caminatas que me he dado con los Gordon, voy y lo averiguo sentada en casita.

Aunque los Giants se hallaban en plena carrera, Willy tenía puesta toda su atención en Alvirah.

—¿Qué es eso que ya tienes?

—Los Gordon nunca vieron a Bessie —explicó triunfalmente Alvirah—. La persona a la que vieron firmar el testamento era otra. Vic y Linda metieron en la casa a una impostora mientras Bessie veía la tele.

Dos horas más tarde Alvirah y Willy llegaban a casa de Kate acompañados de Jim y Eileen Gordon. Habían pedido a monseñor Ferris y a las hermanas Cordelia y Maeve Marie que se reunieran allí con ellos. Los encontraron sentados en el salón con una Kate igualmente desconcertada.

—Alvirah, ¿qué es todo esto? —preguntó Cordelia.

—Ya lo verás. Supongo que los herederos no tardarán en bajar, ¿verdad, Kate? —preguntó Alvirah.

—¿Los Baker? No. Les dije que tenías una sorpresa para ellos.

—Estupendo. Por cierto, Kate, me parece que no conoces a esta gente tan agradable. Jim y Eileen Gordon presenciaron, o creyeron presenciar, cómo Bessie firmaba el testamento.

—¿Creyeron presenciar? —preguntó el monseñor.

—Así es. Bien, Eileen, cuéntanos qué pasó aquel día —dijo Alvirah.

El rostro afable de Eileen se tornó grave.

—Como bien recordarán, estábamos enseñando al señor Baker un hermoso duplex en la calle 81 Oeste, justo enfrente del museo. Es uno de los edificios más bellos de...

—Eileen —le interrumpió Alvirah, tratando de controlar su irritación—, háblanos de la firma del testamento.

—Ah, sí. Bueno, la señora Baker telefoneó a su marido y cuando llegamos aquí con él, ella nos pidió que entráramos en la casa con sigilo. Dijo que había una señora mayor en el salón a la que no le gustaba que la molestaran cuando veía sus programas favoritos. La puerta estaba cerrada, así que subimos de puntillas hasta el dormitorio donde nos esperaba la señora Maher.

—¡Una señora mayor en el salón! —explotó Kate—. Ésa era Bessie.

—Entonces ¿quién era la mujer del dormitorio? —le preguntó monseñor Ferris.

En ese momento sonaron los pasos de los Baker.

—¿Por qué no se lo preguntamos a Vic? —propuso Alvirah cuando la pareja entró en el salón—. Vic, ¿quién era la mujer a la que vestiste con el camisón de flores rosas de Bessie? ¿Una actriz? ¿Una cómplice? —Baker abrió la boca para hablar, pero Alvirah no le dejó—. Hice algunas fotos a Bessie durante el día de Acción de Gracias. Son primeros planos muy claros. —Tendió las fotos a los Gordon—. Dígales lo que me contó.

—Que ésta no es la mujer que estaba en la cama y que firmó el testamento —aseguró Jim Gordon mientras contemplaba las fotos.

—Existe cierto parecido, pero está claro que no es la misma mujer —convino Eileen Gordon sacudiendo la cabeza.

—Cuéntanos el resto, Eileen —pidió Alvirah.

—Cuando bajamos al vestíbulo la puerta del salón se había abierto y vimos a una mujer mayor sentada en esa butaca. —Eileen señaló la butaca de Bessie—. No se volvió pero pude verle el perfil. Era, sin duda, la mujer que sale en estas fotos.

—¿Necesita oír algo más, Vic? —preguntó Willy—. Mañana por la mañana Kate impugnará el testamento, los Gordon contarán su historia y dentro de unos días seréis encausados por vuestros fraudes.

—Creo que es hora de irnos —dijo Vic Baker con tono afable pero apremiante—. Kate, debido a este malentendido, dejaremos esta casa de inmediato. Vamos, Linda, haremos las maletas ahora mismo.

—¡Espero que os metan en la cárcel muy pronto! —gritó Alvirah cuando se alejaban.

—Alvirah, me pediste que trajera champán —dijo monseñor Ferris poco después en el comedor. Dejó que el corcho saltara—. Ahora entiendo por qué.

La hermana Cordelia y Kate sólo estaban empezando a comprender las implicaciones del nuevo descubrimiento.

—Ya no tendré que marcharme de mi casa —exclamó Kate.

—Y yo no tendré que abandonar a mis niños —se regocijó la hermana Cordelia—. Alabado sea Dios.

—Y Alvirah —añadió la hermana Maeve Marie alzando su copa.

De repente el rostro de monseñor Ferris se nubló.

—Ojalá pudieras arreglar la situación de ese bebé desaparecido y recuperar el cáliz del obispo, Alvirah.

—Como Alvirah suele decir, la esperanza es lo último que se pierde —declaró Willy con orgullo—. Y como yo suelo decir, apuesto por ella.

28

Tal como había prometido, el lunes por la tarde Lenny fue a recoger a Stellina al colegio.

—Estrella —dijo con tono acongojado—, Nonna ha tenido un leve ataque. El doctor ha ido a verla y le ha enviado una ambulancia. Es posible que tenga que pasar una temporada en el hospital, pero se recuperará, te lo prometo.

—¿Estás seguro? —preguntó Stellina mirándolo fijamente.

—Seguro.

Stellina echó a correr y al doblar la esquina vio que unos enfermeros salían de su edificio arrastrando una camilla en dirección a una ambulancia. Con el corazón latiéndole con fuerza, corrió hacia ella.

—¡Nonna! —gritó alargando los brazos hacia su querida tía abuela.

Lilly Maldonado se esforzó por sonreír.

—Stellina, mi corazón no anda muy fino, pero me lo van a arreglar y volveré muy pronto. Ahora debes lavarte las manos y la cara, cepillarte el pelo y ponerte el vestido de Virgen María. No debes llegar tarde a la función. Y esta noche papá te llevará ropa a casa de la señora Núñez. Dormirás en su casa hasta que yo vuelva.

—Nonna —susurró Stellina—, Rajid, que hace de Rey Mago, rompió la jarra donde llevaba la mirra. ¿Puedo dejarle la copa de mi madre para la función? Es una copa sagrada, porque dijiste que había sido de su tío cura. Por favor, la cuidaré mucho, te lo prometo.

—Tenemos que irnos, pequeña —dijo un enfermero al tiempo que la apartaba de la camilla—. Puedes ver a tu abuela en el hospital de San Lucas. Está cerca de aquí, en la calle Ciento trece.

Los ojos de Stellina se humedecieron.

—Tengo un deseo que sé que se cumplirá si llevo la copa, Nonna. Por favor, dime que sí.

—¿Qué deseo es ése, *bambina*? —preguntó Lilly con voz espesa a causa del sedante que le habían administrado.

—Que vuelva mi madre —respondió Stellina con las lágrimas surcándole las mejillas.

—Ah, *bambina*, ojalá lo haga antes de que yo muera. Adelante, coge la copa, pero no dejes que papá te vea. Podría prohibírtelo.

—Gracias, Nonna. Iré a verte mañana, te lo prometo.

La ambulancia se alejó con un aullido de sirena.

—Estrella, tenemos que irnos —dijo Lenny.

Home Base había sido adornado con un árbol de Navidad y con coronas de hojas de pino cubiertas de cintas. Durante el fin de semana algunos voluntarios habían construido una tarima en el fondo de la enorme sala para que hiciera de escenario y colgado cortinas de terciopelo a ambos lados. Había sillas plegables para el público y los padres, y los hermanos y amigos de los niños que actuaban en la función estaban llenando la sala con rapidez.

Alvirah había llegado pronto para ayudar a las hermanas a vestir a los niños. Mediante terribles amenazas, la hermana Cordelia conseguía mantener un orden razonable entre los excitados actores. A las cuatro menos diez, cuando ya empezaban a inquietarse por la ausencia de Stellina, ésta llegó.

Alvirah enseguida la tomó de la mano.

—¿Te ha visto tu *nonna* con el vestido? —preguntó mientras le enderezaba el velo azul sobre la cabellera dorada.

—No. Una ambulancia se la ha llevado al hospital —le respondió la niña con voz queda—. Papá me ha prometido que iremos a verla. ¿Se recuperará, señora Meehan?

—Eso espero, cariño. Entretanto, nosotras te cuidaremos. ¿Recuerdas que temíamos tener que cerrar Home Base? Pues ahora, gracias a un milagro, podremos mantenerlo abierto. Eso significa que te veremos cada día después del colegio.

Stellina sonrió.

—Me alegro mucho. Aquí soy feliz.

—Ahora corre a colocarte junto a san José. ¿Quieres que te sujete la bolsa?

Alvirah intentó coger la bolsa de plástico que Stellina agarraba con fuerza.

—No, gracias. Aquí llevo la copa para Rajid. La hermana Cordelia dijo que podía traerla. Gracias, señora Meehan.

Alvirah la vio correr a reunirse con los demás niños. Esa chiquilla me recuerda a alguien, pensó. Pero ¿a quién? Finalmente se dirigió a su asiento.

Las luces se apagaron y la función comenzó.

«¡Sencillamente maravillosa!», fue el comentario general cuando las últimas notas de *Toda la noche* tocaron a su fin y estallaron los aplausos. Los padres disparaban sus cámaras fotográficas para eternizar el momento y la sala era una miríada de flashes. Alvirah tiró de la manga de la hermana Maeve Marie.

—Maeve, quiero que le hagas algunas fotos a Stellina de cerca —dijo—. Planos cortos.

—Desde luego. Ha estado perfecta. Cuando empezó a cantar se me llenaron los ojos de lágrimas. Pronunciaba las palabras con auténtico sentimiento.

—Es cierto. Lleva la música en el alma.

Una idea descabellada que empezaba a tornarse en certidumbre se abrió paso en la mente de Alvirah. No obstante, se resistía a reconocerla. Empezaremos por examinar las partidas de nacimiento, pensó. Oh, Dios, ¿es posible?

—Hay algunas muy buenas —dijo Maeve minutos más tarde, sosteniendo las fotos—. Se verán con más claridad cuando terminen de revelarse. Y hay una encantadora en el momento en que Rajid le entrega la copa de plata a Stellina.

¿La copa de plata? ¡No puede ser! ¡El cáliz!, pensó Alvirah. A lo mejor me equivoco, se dijo. Probablemente me estoy precipitando. Pero por lo menos hay algo que puede demostrarse de inmediato.

—Maeve, haz algunas fotos de esa copa si todavía te queda carrete —dijo—, y pídele a Stellina que la sostenga.

—Ven aquí, Alvirah —llamó Willy—. Se supone que has de entregarme los regalos que he de dar a los niños.

—Maeve, haz esas fotos y guárdamelas —pidió Alvirah—. No se las des a nadie.

Luego corrió al lado de Willy. Los regalos estaban en una mesa.

—Muy bien, Papá Noel, éste es para José —anunció efusivamente mientras el pequeño alargaba los brazos.

Willy rodeó al niño con su brazo.

—Espera, José. La hermana Maeve nos hará una foto.

Alvirah estaba deseando salir de allí para seguir la pista de sus sospechas, pero era más fácil terminar de ayudar a Willy con los regalos que pedir a alguien que la sustituyera.

Entretanto, Cordelia y sus voluntarios se dedicaban a servir refrescos y dulces, si bien algunas personas ya habían empezado a marcharse. Alvirah observó consternada que Grace Núñez se disponía a partir con José y Stellina.

Gritó el nombre de Grace y ésta se volvió rápidamente.

—¿Adónde vas con Stellina? —preguntó Alvirah.

—Voy a dejarla en su casa —explicó Grace—. Su padre me la traerá esta noche a dormir. Dice que quiere cenar con ella cuando llegue del trabajo. Yo tengo que pasar por casa de mi hermana, pero Lenny me dijo que volvería temprano. Stellina sabe cerrar la puerta con llave, ¿verdad, cariño?

—Sí —respondió Stellina—, y espero que papá pueda decirme cómo está Nonna.

Diez minutos más tarde ya no quedaban más regalos que entregar ni fotos que hacer. Alvirah recogió las fotos y se puso el abrigo.

—¿Qué ocurre? —preguntó Willy con la voz sofocada por la barba de Papá Noel.

—Tengo que enseñar unas fotos a monseñor Ferris —dijo Alvirah por encima del hombro—. Reúnete allí conmigo.

El monseñor había salido pero no tardaría en regresar. Presa de la impaciencia, Alvirah esperó en el salón de la rectoría paseando de un lado a otro. Willy y el monseñor llegaron juntos media hora después. El religioso esbozaba una amplia sonrisa.

—Qué sorpresa tan agradable, Alvirah —dijo.

Ella no se anduvo con rodeos y le tendió las fotos.

—Mire esto.

Él examinó la foto en la que salía Stellina recibiendo la copa de manos de Rajid y la foto del cáliz.

—Alvirah —dijo con voz queda—, ¿sabes qué es?

—Creo que sí. El cáliz del obispo Santori. ¿Y sabe quién creo que es esa chiquilla?

Ferris aguardó.

—Creo que es la niña que abandonaron en el portal de su rectoría la noche que robaron el cáliz.

29

Grace Núñez acompañó a Stellina hasta la puerta del apartamento que la pequeña compartía con Nonna y su padre. Como una gallina con su polluelo, Grace esperó a que entrara.

—Hasta luego, cariño —dijo desde el rellano, y después se marchó, segura de que Stellina no abriría la puerta a nadie salvo a su padre.

El apartamento estaba a oscuras y en silencio. Stellina notó la diferencia al instante. Sin Nonna, la atmósfera era triste y desamparada. Encendió todas las luces para alegrar el ambiente. Una vez en la habitación de Nonna, empezó a quitarse el vestido de Virgen María, pero enseguida se detuvo. Nonna quería verla con él puesto y Stellina confiaba en que su padre la llevaría al hospital.

Sacó la copa de plata de la bolsa y se sentó en el borde de la cama. El hecho de sostener la copa le hacía sentirse menos sola. Era la primera vez que Nonna no estaba en casa cuando ella llegaba.

A las siete en punto Stellina oyó pasos presurosos en el rellano. No puede ser papá, pensó. Papá nunca corre.

Entonces sonaron unos golpes en la puerta.

—¡Estrella, abre, abre! —le gritó frenéticamente Lenny.

En cuanto oyó el chasquido de la llave, Lenny giró el pomo e irrumpió en el apartamento. ¡Había sido una trampa! ¡El asunto entero era una emboscada! Debió olérselo, se dijo. El piojoso que acababa de entrar en la banda era un policía camuflado. Lenny había conseguido escapar por los pelos cuando comprendió lo que pasaba, pero seguro que la policía estaba rastreando Fort Lee y no tardaría en llegar al apartamento. No obstante, tenía que venir, pues todos sus papeles falsos y su dinero estaban en la bolsa que había dejado allí por la tarde.

Entró en su cuarto y sacó la bolsa de debajo de la cama. Stellina le siguió y se quedó en la puerta mirando. Lenny se volvió y vio que estaba abrazada al cáliz. Estupendo, se dijo.

—Vamos, Estrella —ordenó—. Nos largamos de aquí. No traigas nada salvo la copa.

Sabía que probablemente cometía una locura llevándose a la chiquilla ahora que la policía le buscaba, pero era su estrella de la buena suerte.

—¿Me llevarás a ver a Nonna, papá?

—Más tarde. Quizá mañana. Te he dicho que te muevas. Nos vamos de aquí.

La tomó de la mano y regresó al vestíbulo.

Stellina sujetaba con fuerza la copa mientras se esforzaba por seguir el paso. Sin cerrar la puerta con llave, echaron a correr hacia las escaleras, un tramo, dos tramos, tres tramos. Stellina luchaba por no caer.

En el último rellano Lenny se detuvo bruscamente y aguzó el oído. Nada, pensó aliviado. Sólo necesitaba un minuto más para llegar hasta el coche que había robado y por fin sería libre.

Se encontraban cruzando el vestíbulo cuando la

puerta de la calle se abrió de golpe. Lenny colocó a Estrella delante de él y simuló empuñar una pistola.

—Si me disparáis, el tiro será para ella —gritó sin convicción.

Joe Tracy encabezaba el escuadrón. No quería arriesgar la vida de la pequeña, por muy falsa que fuera la amenaza.

—¡Todo el mundo atrás! —ordenó—. Dejadle ir.

El coche de Lenny se hallaba a pocos metros de la entrada del edificio. La policía observó impotente cómo arrastraba a Estrella hasta el vehículo, abría la puerta del conductor y arrojaba dentro la bolsa.

—Sube y salta al otro asiento —ordenó a la pequeña. Jamás se atrevería a hacerle daño, pero esperaba que la policía no lo supiera.

Estrella obedeció, pero Lenny, una vez hubo subido al coche y cerrado la portezuela, le soltó la mano para girar la llave de contacto. En ese momento, Stellina abrió la puerta del pasajero y saltó del coche. Aferrada al cáliz y con el velo ondeando al viento, echó a correr por la calle mientras la policía rodeaba el vehículo.

Diez minutos después Alvirah, Willy y monseñor Ferris llegaron y encontraron a Lenny esposado en un coche patrulla. Subieron al apartamento, donde les comunicaron que Stellina y el cáliz habían desaparecido.

De pie en la sala del apartamento donde Stellina había vivido los últimos siete años, le contaron a Joe Tracy la historia del cáliz y la posibilidad de que Stellina fuera la niña abandonada en la iglesia de San Clemente.

En ese momento un agente entró en la sala procedente del cuarto de Lenny.

—Mira esto, Joe. Lo encontré metido entre el estante y la pared de un armario.

Joe leyó la nota y luego se la entregó a Alvirah.

—Es la niña abandonada, señora Meehan —dijo—. Esto lo confirma. Es la nota que la madre prendió a la mantilla.

—Tengo que hacer una llamada —dijo Alvirah con un suspiro de alivio—. Pero no quiero hacerla mientras no demos con Stellina.

—Estamos buscándola —explicó Tracy, y en ese momento su teléfono móvil sonó. Tras escuchar, esbozó una amplia sonrisa—. Ya puede hacer su llamada —dijo a Alvirah—. Han encontrado a la Virgen María cuando intentaba llegar a pie al hospital de San Lucas para ver a su *nonna*. —Regresó al teléfono—. Llevadla al hospital —ordenó—. Nos encontraremos allí. —Se volvió hacia Alvirah, que había cogido el teléfono alámbrico que descansaba en la mesita de la sala—. Supongo que quiere ponerse en contacto con la madre.

—Así es.

Ojalá Sondra esté en el hotel, rogó Alvirah.

—La señora Lewis está cenando en el restaurante con su abuelo —dijo el recepcionista—. ¿Quiere que la avise?

Cuando Sondra contestó, Alvirah dijo:

—Coge un taxi y ve al hospital de San Lucas lo antes posible.

El detective Tracy le arrebató el auricular.

—Olvídese del taxi. Le enviaré un coche patrulla, señorita. Hay una niñita a la que seguro le gustará ver.

Cuarenta minutos más tarde Alvirah, Willy, monseñor Ferris y Joe Tracy se reunían con Sondra y su abuelo frente a la habitación de Lilly de la unidad de cardiología.

—Está dentro con la mujer que la ha criado —susurró Alvirah—. No le hemos contado nada. Eso te corresponde a ti.

Pálida y temblorosa, Sondra abrió la puerta.

Stellina estaba de pie frente a los pies de la cama, de perfil a ellos. La suave luz de la habitación creaba una aureola en torno a los rizos dorados que le asomaban por debajo del velo.

—Nonna, me alegro de que hayas despertado y te encuentres mejor —estaba diciendo—. Un policía muy simpático me trajo hasta aquí. Quería que me vieras con mi precioso vestido. Y mira, he cuidado muy bien la copa de mi madre. —Levantó el cáliz de plata—. La utilizamos en la función y recé para que mi madre volviera. ¿Crees que Dios me la enviará?

Con un sollozo, Sondra se acercó a su hija, se arrodilló y la envolvió entre sus brazos.

Desde el pasillo, Alvirah cerró la puerta.

—Hay momentos que no deben compartirse —le dijo—. A veces basta saber que si creemos con la fuerza suficiente y durante el tiempo suficiente, los deseos pueden hacerse realidad.

Epílogo

Dos noches después, el 23 de diciembre, el público abarrotaba el Carnegie Hall para el concierto de gala que ofrecía la actuación de grandes estrellas del mundo de la música y la presentación de la joven y brillante violinista Sondra Lewis.

En un palco central estaban Alvirah y Willy con Stellina, el abuelo de Sondra, su novio Gary Willis, monseñor Ferris, la hermana Cordelia, la hermana Maeve Marie y Kate Durkin.

Stellina, objeto de incontables miradas curiosas, estaba sentada en primera fila con sus ojos castaños brillando de placer y felizmente ajena al revuelo que estaba causando.

Durante los últimos dos días los periódicos habían publicado la historia sobre el reencuentro de la madre y la hija y la recuperación del añorado cáliz. Era una historia de interés humano maravillosa y muy apropiada para la época navideña.

Los artículos mostraban fotos de Sondra y Stellina, y, como Alvirah había comentado: «Hasta un ciego podría ver que Stellina es un calco de su madre. No puedo creer que no me diera cuenta antes.»

Cuando preguntaron al fiscal general sobre la posibilidad de acusar a Sondra de abandono, éste respondió:

—Haría falta ser todavía peor de lo que mis enemigos piensan de mí para acusar a la joven. ¿Cometió un error al correr a un teléfono en lugar de llamar al timbre de la rectoría? Sí. ¿Hizo esa joven de dieciocho años todo lo posible por encontrarle un hogar a su bebé? Desde luego que sí.

El auditorio estalló en aplausos cuando el director subió al podio. Las luces se apagaron y la exquisita velada musical comenzó.

Alvirah, espléndida con un vestido de terciopelo verde oscuro, tomó la mano de Willy.

Una hora después Sondra apareció en el escenario envuelta en un tumultuoso aplauso. Monseñor Ferris se inclinó hacia Alvirah.

—Como Willy diría, has vuelto a conseguirlo, Alvirah, y nunca olvidaré que gracias a ti hemos recuperado el cáliz del obispo. Es una lástima que el diamante haya desaparecido, pero lo importante es el cáliz.

—Creo que el mérito es de Willy —susurró Alvirah a su vez—. Si su libro de música no hubiese estado abierto sobre el piano por la página de *Toda la noche*, Sondra no la habría cantado. Fue ahí cuando empecé a sospechar. Luego, cuando Stellina la cantó en la función, ya no tuve ninguna duda.

Cuando Sondra alzó el arco, se acomodaron de nuevo para escucharla.

—Mírala —susurró Alvirah a Willy, señalando a Stellina.

La pequeña estaba anonadada con la interpretación de su madre. Su cara brillaba de admiración.

Cuando llegó el bis y Sondra empezó a tocar *Toda la noche*, levantó la vista hacia el palco donde se hallaba su hija. Audible sólo para los que estaban cerca, Stellina empezó a cantar. Nadie tuvo la menor duda de que madre e hija estaban actuando la una para la otra. Para ellas, no había nadie más en el mundo.

Cuando las últimas notas tocaron a su fin, hubo un silencio. En ese momento Willy se inclinó hacia Alvirah y susurró:

—Cariño, es una pena que no trajera mi partitura. Les hubiera ido bien un poco de acompañamiento al piano, ¿no crees?